KB214289

열
린
選

0
0
6

오목한 기억

김
나
비

시
집

열
린
選

0
0
6

고요아침

오랜 그림자에 찾아 든 햇살을 보았다

잊었던 말들이 싹을 틔운

그 잎사귀에 일어서는 통증들을

2021년 늦가을
김나비

제2부 **나비포옹법**

제3부 기억의 건축학

제4부 **없는 방**

제
1
부

오
목
한

기
억

직박구리씨에게
― 앵두가

　봄이 무르고 있어요 싱싱한 여름을 사 와야겠어요 실핏줄이 붉게 터지고 있어요 다닥다닥한 눈빛을 당신께 드릴게요 붉은 충혈을 모두 담아 가세요 지난 계절 바람을 가득 품었어요 햇살의 발도 뭉근하게 들였지요 그 따사로운 날들을 빨갛게 기억해요 새벽이슬과 함께 오실 건가요 저녁 바람 사이로 휘적이며 오실 건가요 기억 속 파닥이는 당신의 목소리가 들려요 몸에 앉아 그득한 눈빛으로 나를 적시다 둥근 그리움만 콕콕 찍겠지요 허공이 당신을 자석처럼 끌어당기면 당신은 나를 놓고 회색으로 퍼덕이며 날아오르겠지요 구름이 흘러가듯 무심히 지나가세요 계절을 지우며 소금 기둥으로 내가 거기 있을 테니 인기척이 나네요 누군가 오고 있어요 봄이 짓무르고 있어요 당신이 내 안에서 빨갛게 터지고 있어요

나를 쇼핑하다

쇼핑은 가장 쉬운 리무빙의 방식
올해 나는 201살
매장을 누비며 나를 쇼핑하는 것은
언제나 두근거리는 일
내 몸 각 부위의 만료일을 확인하고
기한이 다 된 부위부터 쇼핑을 한다

1구역에선
시력 7.0짜리 노란 안구와 8.7짜리 파란 안구를 산다
얇은 눈빛은 두꺼운 과거의 거품을 지울 수 있을까
몸을 갈아입으면 고여 있는 삶이 출렁일까

2구역으로 향한다
교차하며 올라가는 에스컬레이터,
지난해 중고로 판 내 얼굴이 누군가의 몸 위에 달려
무표정하게 나를 스치며 내려간다

입구에 발을 딛자 팔과 다리가 즐비하게 진열되어
있다
묶음 판매대에서는 팔다리 세트도 판다
하나 값으로 두 개를 살 수 있는 절호의 찬스

오늘도 나는 즐거운 리무빙(removing)을 하며
익숙한 방식으로 나를 잃고 또 나를 얻는다

오목한 기억

나는 걸어 다니는 화석이지
아득한 어제의 내일에서 말랑말랑하게 오늘을 사는

지금 난 미래의 어느 지층에서 숨을 쉬고 있는 걸까
오지 않은 시간 속, 닿을 수 없는 먼 그곳엔
오늘이 단단하게 몸을 굽고 있겠지

거실에 흐르는 쇼팽의 녹턴도 조각조각 굳어가겠지
밤마다 창밖에 걸었던 내 눈길은
오지 마을 흙벽에 걸린 마른 옥수수처럼 하얗게 굳
어 있을 거야

이번 생은 사람이라는 포장지를 두르고 살지만
삐걱이는 계단을 밟고 내려가면
지하 1층쯤 지층에는
내가 벗어버린 다른 포장지가 파지처럼 구겨져 있
겠지

기억이 모두 허물어진 나는 나를 몰라도 어둠은 알
겠지
귓바퀴를 맴돌며
내가 벗은 문양을 알려주려 속살거릴 거야

수억 년 전부터 지구를 핥던 어둠은
소리 없는 소리로 구르며 둥글게 사연을 뭉치고 있
겠지
눈사람처럼 뭉쳐진 이야기를 은근하게 나르겠지
내가 갈 수 없는 시간 속으로 부는 바람의 몸통

그곳에서 난
검은 항아리 위에 새겨진 기러기처럼
소리를 지운 채 지친 날개를 누이겠지

돌과 돌을 들어내면
오목새김 된 내 무늬가 부스스 홰를 칠 거야

므두셀라

공중空中 상점에서 창밖을 본다
태양이 백반증 걸린 얼굴로 졸고 있는 하늘
안개는 매캐한 입김을 불어대고
피라미드 모양의 집들은 반중력 기술로 떠 있다

빼곡한 매대에서 진공포장 된 배아를 고른다
흑인 백인 황인 남자 여자 배아를 섞어 산다
옷을 고르듯 나를 고르는 건 또 하나의 일상
나는 수많은 나를 보관하고 있다

기분전환이 필요할 땐
배아를 꺼내 인공 부화 캡슐 애플에 넣는다
칩이 파괴될 때를 대비해
저장소에 기억을 백업해 놓는 것은 필수
오늘은 흑인 여자 배아를 집는다
성인 육체로 자라는 데 걸리는 시간은 하루

부저가 울리고 캡슐 안에 탄생한 검은 나

명치에서 칩을 빼 여자에게 심는다
깜빡이는 여자의 눈
새로운 내가 된다
나는 누구도 될 수 있고 또 아무도 될 수 없다

멀리 보이는 성당 첨탑 위에
십자가가 창槍처럼 꽂혀있다

죽음의 한살이

탄생기
너를 처음 발견한 건
하늘의 회음부에 핏물이 번져가는 저녁이었어
수직으로 서서 초록 시선을 떨어뜨렸을 때
실오라기 하나 걸치지 않은 구근이 누워있었지
푸르스름한 살갗은 이끼 낀 바위 같았고
팽창한 배는 팥을 꽉 채운 붕어빵 같았어
부패의 가스로 온몸에 통통하게 새살이 올랐지

성장기
부푼 구근에서 진액이 넘쳐 흙 위로 걸어 나오고 있
었어
진물은 말랑한 맨발로 땅에 잎과 줄기를 그렸지
검은 냄새가 숲에 가득 자랐어
향기가 싱싱한 건 고여 있는 아픔이 많은 거지
눈알 하나가 꽃가루처럼 뒹굴고
시간으로 지핀 살점은 흐물한 묵이 되어갔어
몸 위로 파리들이 날고

구더기들이 바글거리며 살갗에 꽃을 피우고 있었지

전성기
칸나 속살이 활짝 열리고 축제가 벌어졌어
빨래판처럼 드러난 갈비뼈로 바람은 하프를 켰지
해골에 고인 물을 햇살이 발라 먹고, 까마귀가 눈을
파먹었어
독수리와 검은 늑대들이 몰려와 살점을 뜯어 먹었지
소리 없는 잔치가 왁자하게 춤췄지
끔찍하게 황홀한 날이었어
황홀함 속에 숨겨진 이별이 가장 시린 거지

휴식기
하얀 골격이 수평으로 누워있었지
피도 살도 다 내준 마른 꽃잎 위로
아무도 찾아오지 않는 평화로운 날들이 불어왔어
떨어져 나간 팔 관절과 다리가 바람에 흩어지고

박음질 된 시간이 침묵의 열매를 맺고 있었어
사라지는 것으로 존재했음을 증명하는 게 죽음이지
나는 초록 머리 날리며 너의 영혼이 나는 것을 보고
있었지

* 서고운의 사상도를 보고 착상함.

몽산포夢産包에서

바람이 몸을 턴다
붉은 파라솔이 치마를 펄럭이고
파도가 바다의 가장자리로 달아난다

이젤을 놓고 그림을 그리는 남자
손을 쭉 뻗어 수평선을 끌어당긴다
하늘이 허리로 내려오고 비행기처럼 커지는 갈매기

여자가 해초 다발 같은 머리 흩날리며 모래밭을 걸
어온다
깜짝 놀란 수평선이 제자리로 돌아간다
갈매기 작아지더니 그림 속으로 숨는다
파라솔이 치맛단을 여미고 그림으로 들어가고
고동처럼 말려 그림으로 빨려드는 남자
손에서 붓이 툭 떨어진다

이젤 앞에선 여자
붓을 주워 빨간 물감을 입술에 칠하며

찬찬히 그림을 들여다본다
여자를 향해 손을 흔드는 그림 속 남자
하늘엔 갈매기들이 어지러이 날고
여자는 붓을 들어 남자의 머리에 중절모를 씌워준다

그림 속 바람이 몸을 부풀린다
남자도 파라솔도 갈매기도 휘청이고
이젤이 쓰러져 폭풍 속으로 휘말린다
모두 간데없고 모자만 모래사장에 나뒹군다
떨어진 중절모를 쓰는 여자
붓을 들고 한쪽 눈을 감은 채 허공을 잰다

눈사람 오르골

태엽을 돌리면
골목이 몰려와요
눈 오는 날의 술래잡기
그곳엔 찾을 수 없는 저녁이 가득 해요

어둠이 깔리고
땅으로 투신하는 차깃한* 흰나비 떼
웅크린 집들이 하나둘 꽃불을 켜죠
성당의 종소리 사람보다 먼저
가파른 계단을 타고 올라와요

계단 끝에 웅크리고 앉아
태엽을 감는 중년의 아이
유리창이 깨지고 저녁을 찢는 고함이 쏟아지죠
눈 위에 붉게 찍히던 발자국을 따라가요
맨발로 주춤주춤 멀어지던 저녁
흰 눈 위로 갈래갈래 번지던 붉은 실

머뭇거리며 뒤돌아보던 저녁은 어디로 갔을까요
아이는 골목을 돌리고 돌려요
얼어버린 골목이 리듬을 따라 피어나죠

끝끝내 혼자 남아서 기다릴 아이를 위해
저녁이 주고 간 눈사람
저녁이 저녁을 낳고 또 낳아요
고양이 울음 오소소 머리칼을 당기던 아홉 살

1분 30초 음악이 끝나기가 무섭게
또다시 태엽을 돌리면
흩날리는 눈발 속
멈추지 않는 술래잡기가 시작되죠

* 조어, 사전에는 없음.

냉장고와 아버지의 역학관계에 관한 고찰

그 집엔 취한 키클롭스가 산다
언제부터인가 그는 거실에서 잔다

눈치로 무장된 중심이 거세된 거인
한참을 그렁그렁 코를 골다 절명하듯 숨을 멈춘다
혹시나, 툭 치면 갑자기 웡 하고 몰아쉬는 숨

반짝이는 머리는 불빛 아래 더욱 눈부시다
냄새나는 발, 군데군데 까진 살갗
누리끼리하게 바랜 옷은 생몰연대를 가늠하기 어렵
다

볼록한 몸속엔
소주, 김치 조각, 고추장, 계란, 콜라, 떡, 생선
갈변된 바나나, 얼음덩어리들이 뒤엉켜 있다
혼자서 저녁을 해결해야 하는 때를 대비해 가슴엔
아부지 곱창, 이영자 치킨, 왕십리 부대찌개 전단을
이름표처럼 붙여 놓았다

한때는 혈기 왕성한 냉매를 풀어
집안에 칼바람을 불어넣기도 했다
이제는 처지고 녹아버린 낡은 고무장갑처럼
진득하게 거실에 눌어붙어 사는 에너지 효율 5등급
요크셔테리어도 흘끔거리며 지나친다

건드리면 풀썩 꺼질 것 같은
비대하고 늙은 외눈박이
언제든 전선만 빼면 흐르르 멈추고 말 것이다

오늘도 방에 들지 못하고 늘어진 코를 골며
왕년을 혼자 되새김하는 낡고 늙은 냉장고
문 여는 소리에 희미한 실내등 같은 미소를 켠다

워(war)

나는 내 생의 망명자, 찢겨진 영혼
어둡고 각진 스크린 속으로 들어간다
처음 만나는 사람의 눈빛에서 심장을 훔친다
나는 줄라*가 된다
지금 읽는 모든 말은 법정에서 불리하게 작용할 수
있습니다.
훔친 심장은 무럭무럭 자란다

나는 내 생의 망명자, 펄럭이는 깃발
나는 현실보다 환상에 맞는 인간이야
엄마는 죄짓고 살지 말라 그랬습니다.
나는 빅토르**의 침대에 걸터앉아서 파리의 시간을
늘린다
아버지는 나를 엄마로 착각하고 싶었습니다.
나는 아버지 배에 칼자국을 새겼습니다.
길어진 시간이 흑백으로 펼쳐지며 흐느낀다
그는 눈물에 빠져 지푸라기 같은 이념을 잡고 허우
적거린다

나는 울지 않았습니다.

나는 내 생의 망명자, 흩어지는 바람
노을은 죽은 자의 영혼이, 태양이 쉬러 가는 저세상
을 들락거릴 때 나는 빛입니다.***
태양이 피를 흘리며 쉬러 간다

우리는 폴란드 작은 교회당으로 돌아와 알약으로
세상을 끈다
사라진 태양 빅토르는 어디에도 있다
별들은 차갑게 불탄다 우리는 뜨겁게 얼어간다
나는 이념 따위 수프에 숭숭 넣어 끓입니다.
엄마가 흐느끼며 내게 손짓합니다.

당신이 읽은 모든 것은 이생에서 불리하게 작용할
수 있습니다.

* 영화 〈콜드워〉의 여자 주인공.

** 영화 〈콜드워〉의 남자 주인공.
*** 제임스 조지 프레이저의 『황금가지』 인용.

일월화, 목금토

밥알을 목에 넘기다, 문득
깨진 거울을 본다
라쿠나*, 수요일을 떠올린다
푸른 셔츠에 검은 바지, 흰 운동화를 신고
수요일을 찾으러 뛰어나간다

빽빽한 아파트 숲을 거닐며
식은 가로등 불빛을 나눠 쬐고, 무심히
담 위로 걸어가는 고양이 울음을 들었을 뿐인데
변기에 물 내리는 소리처럼 사라진 수요일

수요일은 시를 쓰고
느티나무 아래서 햇볕을 쬐고
쇼핑센터에서 연어 초밥을 고르고
서점에서 알라딘을 사고
밤새 넷플릭스를 반복해서 보고
화요일을 생각하기 딱인데

수요일이 흔적도 없이 사라졌다

이제 모든 날은
뒹구는 머리카락이고 이 빠진 컵이고
조각난 액정이고 끈 끊어진 마스크다

깨진 거울 앞에 선다
여섯 명의 내가 나를 노려본다
비어있는 조각을 향해 손을 뻗어 훑는다
쪼개진 핏물 위로 나와 또 다른 내가 우수수 떨어진
다

수요일이 사라졌다

* 잃어버린 조각, 라틴어.

병실의 마라토너

온몸을 붕대로 감은 누에고치
힘없이 누워 창밖을 본다
바람이 창을 기웃거리며 떠나지 못하는 날은
몸속의 뼈가 치솟아 명치를 찌른다
뭉쳐놓은 털실 같은 뇌의 한끝에서 생각의 실을 꺼
내
동공에 묶어 창밖으로 던진다

비릿한 아픔이 길을 나선다
창밖에 줄지어 서 있는
헤븐아파트, 방아다리 버스정류장, 스마일 헬스클
럽, 홍덕 고가도로 위를 달린다
눈빛 위로 떨어지는 햇살이
얇은 손톱으로 허공의 살갗을 긁을 때
신호등 옆 버짐 핀 플라타너스
마른 혀를 떨어뜨리며 건조한 한숨을 쉰다

달린다

바람의 사포질에 하늘이 핏빛으로 깎일 때까지
돌아누운 우암산에 누군가 팝콘을 쏟아 놓을 때까지
치솟는 매캐한 어둠이 목에 친친 감겨와 동공이 흰
말채나무가 될 때까지

문득 눈을 깜빡이면
깨진 병 사이로 소리 없이 흘러내리는 물처럼
죽음의 기다란 손이 나를 간질이고
창문엔 때 이른 하얀 나비 떼
살포시 날아와 내 눈동자를 토닥이겠다

피리 부는 사나이*
— 4월

삶은 신이 장난으로 쓴 잔혹 동화
책을 펼치듯 4월의 문을 열면
뱃고동 소리가 들린다
아이들은 피리 부는 사나이를 따라나선다

하늘엔 분홍색 구름이 흐르고
파란 해는 차갑게 반짝인다
피리를 불며 바다를 향해 걷는 남자

바다가 몸을 일으킨 건
시간의 문이 열린다는 어른들의 잠꼬대 때문

하나둘 남자를 따라 물속으로 걸어가는 아이들,
바닷속 웜홀로 빨려든다

아이들이 사라진 마을이 흐느낄 때마다
가슴속에 하얀 풍랑이 인다

누군가는 지치고 누군가는 잊는다
아이들은 어디로 갔을까
언제 돌아올까

말을 지운 갈매기가 허공에 점을 찍고
붉은 해송은 머리카락을 세우며 숨 죽인다
바람에 실린 웃음소리만
가끔 해변으로 밀려온다

4월의 문을 닫듯 책을 덮는다
어디선가 붉은 피리 소리가 또다시 들리기 시작한
다

* 쥐잡이꾼에 의해 아이들이 사라졌다는 독일 중북부 하멜른이
라는 도시에 전해지는 전설을 차용함.

비 오는 날의 미장센

s#1. 아파트 앞 건널목

드림아파트 107동 앞에 푸른 비가 내린다

담장 위로 솟은 미끄럼틀이 젖고 편의점 간판이 젖고 가로수가 젖고 세상이 젖는다

신호등 아래, 노란 우산을 쓴 아이 장면 속으로 뛰어든다

빗물 커튼 사이 아이와 내 눈이 만난다

나: (낮은 목소리로) 위험해!

s#2. 같은 시간 맞은편 건널목

초록 불이 켜지고 흑백 줄무늬 카펫이 펼쳐지면

하얀 중절모를 쓴 노인이 지팡이를 쥐고 걸어온다

택시가 빗물을 튀기며 철로 변으로 핸들을 꺾는다

빨간 오토바이는 제비처럼 미끄러지고

하이바가 굴러 떨어지고 도로는 비명을 지른다

노인이 쏟아진 물처럼 아스팔트 위에 널브러진다

붉은 새들이 후드득 빗물을 털며 날아오른다

Nar 나는 나의 죽음을 빗속에서 목격한다

s#3. 건널목 중앙

나는 노인의 시간 쪽으로 주춤거리며 걷고, 아이는 우산을 들고 나를 스치고, 절름거리는 노인의 눈빛이 내 시간 쪽으로 뛰어온다

초록 조명 켜진 20초 무대 위

Nar 나와 노인이 된 나, 어린 내가 그렇게 잠시 스친다

s#4 건널목 끝

하늘과 땅 사이가 가까워진다

횡단보도를 건너고 뒤돌아보는 나

거꾸로 쏟아지는 비처럼 무수한 노인과 아이가 하늘로 올라간다 하늘 C.U.

모두 간데없고 텅 빈 무대

새 소리가 허공을 잘게 저미며 귓가에 날아든다

신호등 옆 이팝나무 속, 아무리 눈으로 뒤져도 새는 간데없고 부푼 잎들만 비에 젖어 푸르게 떨고 있다 끝내 젖지 않을, 또 다른 내 눈빛들이 섬광처럼 머리를

파고든다

　순간, 새들이 주석처럼 날아간다

　F.O

깨는 남자

태양의 살비듬 묻은 몸을 털며
현관을 나서는 남자
아슬한 갯바위에서 낚시를 한다

날마다 탈옥을 꿈꾸는 파도가
바닷가로 전력 질주하며 뛰어온다
남자는 파도를 피해 달리고
성난 바다는
파도와 남자를 포획해 먼 바다로 이송한다
놀란 갯바위가 하늘에 둥둥 떠 있다
남자가 손을 휘저으며 눈을 뜬다
햇살이 침대에 몸을 비벼대고 있는 아침이다

태양의 살비듬이 묻은 몸을 털고 현관문을 나서는
남자
쏟아지는 햇빛의 혈관을 꺾으며 핸들을 돌린다
앞에서 돌진하는 트럭
검은 혀를 빼문 도로에 부서진 이처럼 구겨지는 차

푸른 피 흘리며 차에서 기어 나오고 있는 남자를 뒤
차가 다시 갈고 지나간다
　으깨진 몸에서 녹즙처럼 흐르는 피
　남자의 손이 필라멘트처럼 떨리다가 거인의 몸통이
된다
　커다랗게 확대된 손이 저려 눈을 뜨는 남자
　푸른 애벌레처럼 누워있는 소파 위에 아침 햇살이
꾸물거린다

　태양의 살비듬 묻은 몸을 털어내며 다시 현관문을
나서는 남자
　아침은 또 빛을 세상에 파종하고
　영원히 꿈에서 사는 남자는
　다시 깨어나기 위해 거리로 들어 선다

말의 습격

처음은 각설탕, 끝은 씁힌 라일락 잎이다

긴 치열을 흔들며 달리는 핫블러드
침을 튀기며 시속 칠십 킬로로 돌진한다
흥분한 말은 위협적인 토네이도

빗소리를 뭉개며 귓속을 흔드는 말굽 소리
갈기와 꼬리털을 날리며 뇌를 뜯어 먹는다
몸통이 뚝 잘린 말이 방향 없는 방향으로 내달린다
고삐와 안장과 재갈로도 제압되지 않는 말

앞발을 들고 허공으로 목을 늘이며
세상을 털어내듯 몸을 턴다
떨어뜨리려는 말과 떨어지지 않으려 고삐를 움켜쥐
는 나
휩쓸리지 않으려다 중심을 놓친다
꼬꾸라진 몸 위로 올라와 자근자근 밟는 말
찢긴 다리, 뒤틀어진 머리, 패인 가슴

수화기를 내려놓는다

메트로놈처럼 꼬리를 흔들며 걸어가는 말
뒷모습 위로 똑딱이며 소문이 쌓인다
진실과 진실이 아닌 것의 간극을
주기적으로 넘나드는 육식성의 질긴 말

진종일 내리는 비처럼 말이 말을 낳는다
말은 말을 한 마리만 낳는다는데,
말은 얼마나 많은 말을 낳는 걸까

빗소리가 말의 울음을 삼킨다
말들이 우수수 태어난다

제
2
부

나
비
포
옹
법

삼분의 몽상
― 용정동 편의점에서

달의 문을 딴다
연기가 날아오르고 강이 출렁인다
불그스름한 강물을 휘휘 젓자
떠오르는 수많은 길들
저 길을 따라가면 절벽을 건져 올릴 수 있을까

웅크린 길을 걷는다
길 위에 떨어진 분홍껍질로 쌓인 반달과
돼지 냄새로 뭉쳐진 둥근 돌들을
툭툭 차며

언제쯤 곱슬털 양 같은 길을 지나 초원을 달릴 수
있을까
한 번도 닿아본 적 없는 지평선에 가면
나를 따라다니는 꿈이라는 짐승을 버리고 오겠다
온전히 버려야 온전한 내가 될 수 있음을
길 끝에서 만난 미래의 내가 손짓하며 말한다

돌아보면
시간은 가닥가닥 꼬인 면발 같은 날이었다
나는 또 달의 문을 열고 내일의 심장 속을 걷겠지

24시간 편의점 테이블 위 컵라면이 퉁퉁거린다
하얗게 부어오른 길들이 나를 당긴다

나비포옹법*

좁쌀 같은 소름이 온몸에 바글거려요
매일 검은 손을 따라 악몽 속을 헤메죠

어린 울음을 만지면 저주가 비처럼 쏟아진대요
삼천 년 동안 간직한 기억 따윈 구름이래요
조용히 흘러보내면 되는 거라죠
서늘한 관 속, 나는 나를 감싸요
가슴 위에 엑스자로 묶인 팔은 포옹하기 딱이죠
수천 겹 어둠 속에서 두려움을 다독여요

아누비스의 슬픈 눈빛이 몸을 적셔요
도려내지 않은 심장이 뜨겁게 꿈틀대면
내장 빠진 배 속은 채워도 채워도 허기가 몰려와요
붕대로 감싼 겨드랑이에서
송진 냄새를 뚫고 날개가 돋을 것 같아요

시간은 피고 지는 코스모스
나는 온몸을 누에고치처럼 결박당한 채

48

잠든 시간을 깨워줄 누군가를 기다리는 늙은 아이
꿈의 귀퉁이가 찢기고
불안이 머릿속에 똬리를 틀면
토닥토닥 나비가 날개를 퍼덕이듯 가슴을 두드려요

나를 묶은 손이 스멀스멀 온몸을 더듬던 어린 밤
선홍빛 꽃잎이 떨어져 이불을 적시죠
가슴 위로 내려앉은 나비가 뾰족한 숨을 고르죠

나비를 꺼내주세요
방부처리 된 이야기가 훨훨 날아오를 수 있게

* 심리학 용어. butterfly hug.

조장鳥葬

천년을 걸어온 바람이 몸을 펴고
침묵과 독대하며 시간이 면벽 중인 곳

독수리의 한 끼가 초원에 차려진다

태초의 그 날 인양 알몸으로 산을 넘어와
웅크린 태아의 자세로 준비하는 후생
영혼의 이동을 시식할 새들은
누구의 은밀한 밀사인가

인골 나팔로 부르는 라마승의 신호에
수많은 전사가 일시에 쏘아 올린 화살처럼
들판 가득 새들이 쏟아지고
하늘과 땅이 가까워진다

어지럽게 널려있는 이생의 족적이
구름처럼 쪼개져 가뭇없이 흩어질 때,
가늘게 떨던 사시나무도

숨죽인 채 벗어놓은 삶을 응시한다
깃털처럼 분분히 날리는 남루한 내력이
독수리의 몸을 빌려 하늘로 오르는 천장 터

다르촉이 나부끼며 불경을 쏟아내는 언덕
몸 낮춘 궁궁이꽃 윤회를 기원하듯 하얀 울음 토하면
마지막 남은 육신의 문장을
입으로 지우는 중이라며
새는 휘어진 부리로 조곤조곤 붉은 살점을 뜯는다

생의 아킬레스건, 육체가 승천하는 시간이다

23.5

　내 외로움의 각도를 지구는 처음부터 알고 있었을
까
　기댈 곳 없는 허공의 어깨에 머리를 묻는다
　쓸쓸함을 불어넣는 기울기 23.5*
　목숨을 게워낸 순록의 굳은 피처럼
　고독 한계선에서 얼어버린 눈물을
　별빛의 허들링으로 녹일 수 있을까

　어둠 젖은 8평 영구임대 아파트
　베란다 새시 틈으로 툰드라를 지나온 바람이 파고
들면
　치솟는 불면을 씹는 23.5시
　창밖엔 별들이 꿈틀대며 체온을 데우고
　나는 혹한기 순록처럼 아릿함을 되새김질한다

　사는 건 끈끈이에 눌어붙어 버둥대는 쥐의 발바닥
같은 것
　책상 위 사천분의 일로 축척 된 지구본,

왼쪽 검지를 뻗어 오른쪽으로 돌린다
칭다오, 티베트, 테헤란, 리스본, 라스베이거스
날짜 변경선 지나 하루 당겨서 다시 청주
어둠을 돌아 견인되는 쓸쓸한 체온
지구가 내 손가락 안에 들어 있는데
언제고 세계는 내가 가고 싶은 방향으로 몸을 트는데
그 많은 도시에 내가 머물 곳은 어디일까

반복되는 익숙한 한기 속에 우울의 농도가 짙어간다
　운명의 나침판처럼 누워버린 빗금의 각도는 비틀거
리는 청춘의 허기 되어
　기울어진 밤을 일으킨다

독

오늘은 가벼워질래요
실금 사이로 새는 검은 감정이
적막을 부풀리죠
나는 고랑에 뽑힌 풀처럼 시들어가요
몸속에 숨겨 둔 당신 체취를 다 발라낼래요
흔들리는 거미줄 입에 물고 껍질만 남은 고동색으로

게으른 햇살이 나를 비추면
오후 3시, 놀이터에 퍼지는 아이들 웃음소리처럼
모든 것이 아득해요
먼지 위에 부유하는 얼굴이 허공 가득 떠다니죠
부식된 날들의 파편이 날려요
눈을 감고 누수 된 시간 속 당신을 떠올리죠
낮달로 떠 있는 얼굴이 희미하게 기울어요

귓속으로 달려오는 귀뚜라미 울음에 눈을 열어요
벌어진 밤송이 후드득 땅을 향해 날고

대추가 홀로 몸 붉히는 폐가 뒤란에
나는 잊혀진 간장 독

바람이 살갗을 살짝만 건드려도
텅하고 마른 눈물 소리가 날 것 같아요
문득 눈을 들면 이깔나무 잎새
빗물처럼 날리는

시작

껍질을 벗는 것은 목숨을 거는 일
나는 익숙한 것과 낯선 것의 경계에 산다
새벽 3시, 엉킨 전선 사이 뿌연 먼지 속을 기어
타닥타닥 검은 세상으로 들어간다
암전된 소리 틈에서 돋아나는 목소리를
모니터에 구겨 넣으며 시간을 갉아먹는다
오늘은 열한 번째* 나를 버리는 끝의 시작
단단하게 굳은 생각을 벗으며 또 다른 나와 조우한다

컴퓨터 속은
어둡고 따듯해 내가 살기에 딱 좋은 곳
어둠 속 환한 세상에서
종일 빛을 끄고 시간을 분할한다
말없이 말을 할 수 있는 건 내가 꿈꾸는 세상
뒤엉킨 길을 헤매며 먼지 같은 알을 낳는다
슬어놓은 설익은 이미지들이 우글거린다
알들은 언제쯤 단단하게 영글까

세상을 맛보려 더듬이를 내밀 때마다
온몸을 찌르는 차가운 빛의 칼날들
칼 던지는 사람들의 발소리에 구석으로 몸을 숨긴다
한 걸음 물러서면 한 걸음 더 나아갈 수 있을까
상처가 깊을수록 살은 더 짙어진다

캄캄한 세상을 더듬는 깊은 침묵
나는 작은 바퀴벌레다

* 바퀴벌레는 11번의 탈피를 한다.

미스 셀마

어제를 십자가에 매달아요
하늘엔 나이가 없고 미모엔 국경이 없지요
하이힐에 잘린 아픔을 끌고 병원으로 향해요
갈비뼈를 두 개 빼주세요
피부를 문지르면 하얀 장미가 될까요
얼굴엔 파란 눈빛을 심을까요
시간을 오려 자유를 당겨주세요

입보다 큰 눈은 내 생의 필요충분조건
울음을 숨긴 빨간 미소는 창가에 걸어놓을래요
가느다란 금발이 어깨너머 햇살처럼 출렁여요
잘린 목소리는 어디에 숨겨야 하나요

가슴 파진 드레스는 하체를 맘껏 부풀리죠
나는 백인 금발 사람이고 싶죠
오늘은 피 본 금요일
나의 피를 사주세요
오래전 셀마*에서 내일 만나요

* 미국 앨라배마 주 중부. 인권운동의 중심지.

기우奇遇*

뼈만 남은 봄을 씹으며 여름이 살을 불리던 어느 날
이었어 내가 숨 없이 자고 있어 홑이불같이 가벼운 공
기를 덮었지 불 켜진 형광등이 하얀 이를 드러내며 웃
음 흘리고 화장대에는 색색의 알약이 흩어져 있어 그
옆 쪽지에는 빠져나오지 못한 글자들이 춤을 추고 있
어 물컵은 쓰러져 있고 흘러내린 물이 입양동의서를
촉촉이 적셔 놓았지 방바닥에 떨어진 초음파 사진에
는 동굴 속에 희끗희끗한 아이가 옆모습을 보이며 둥
글게 찍혀 있어 마치 받아쓰기 공책에 받은 참 잘했어
요 도장 같아 햇살이 창문에 살을 쏘고 바람이 바람
을 흔들었지 커튼이 점점 부풀어 올랐어 칼을 대면 만
삭의 커튼에서 아이가 앙앙거리며 나올 것 같았어 나
는 눈을 감고 있어 아무도 오지 않는 한낮의 불 켜진
방안, 초록 들판에서 꽃을 따고 있을까 들풀들이 나를
휘감고 푸른 혀로 핥으며 놓아주지 않는 것 같았어 내
얼굴이 점점 초록으로 물들고 있어 그런데 이상하지
입가에는 풀 향기 같은 미소가 폴폴 날리고 있어 내
앞에 서 있는 나도 알약의 둥그런 문으로 들어가고 싶

60

어지는 날이야 뼈만 남은 앙상한 봄을 먹고 여름이 퍼런 살을 찌워가던 날이었어

* 기이한 인연으로 만남.

성안길 지하도 계단

구두 곱하기 구두는 계단
계단 곱하기 계단은 잘린 발가락
나는 구두에 발을 걸어 치솟는 생각을 넘어뜨린다
눈송이가 신문처럼 거리를 덮는 날엔
추위에 그을린 사람들이 매운 향기 툴툴 털며 모여
든다
나는 그들의 가녀린 체온을 빼앗고 슬픔의 질감을
즐긴다
내게 체온을 갈취당한 어떤 이는
김기택의 시* 속으로 들어갔다고 한다

난 차가운 피를 가졌다
하늘과 땅을 반씩 가두고 납작 엎드린 내게
누군가는 침을 뱉고 누군가는 슬쩍 쓰레기를 버리
기도 한다
얼굴엔 이빨들이 씹다 버린 껌이 검은 달로 떠 있고
밟고 간 옆구리는 뜨다 만 아이스크림처럼 패였다
하지정맥 앓는 실금 간 다리에 바람이 쌓이면

떠도는 빙산처럼 서늘한 심장을 연다

뜨겁게 얼어본 자만이 차갑게 데워질 수 있다 했던가
노숙을 쉴 수 없는 나 인생을 찌꺼기까지 마시련다**
수직으로 떨어진 당신의 꿈을 내 몸에 펼쳐 놓고 말
려 보라
오늘도 내 살갗을 데워 줄 또 다른 노숙을 기다린다

* 곱추.
** '방랑을 쉴 수 없는 나 인생을 찌꺼기까지 마시련다'는 테니
슨의 시「율리시스」를 변용.

63

쿨럭이는 저녁
— 아다지오 카페에서

목소리가 증발한다

테이블에 잘린 하체
상부에 얹힌 몸통
그 위 엉성하게 대롱거리는 얼굴들
불빛은 머리 위에 화살을 쏘고
사람들은 얼굴에 입술을 장전한다
허공에서 발사되는 입술 입술들,
입술들이 떠다닌다
핏기 없는 이야기를 담은 저녁이
아다지오 보폭으로 비틀거리며 밤으로 가고
웅웅거리며 터지는 입술의 파편이 눈에 박힌다

충혈된 눈으로 마른기침만, 쿨럭
유영하듯 카페 안에 퍼지는 음악의 지느러미
지느러미 사이사이 피라미처럼 숨어드는 내 음성
버석하게 증발되는 목소리 사이로
쿨럭,

다시 울대를 타고 넘어오는 저녁
　내 목소리는 땅속 깊이를 재는 빗물처럼 몸 안의 깊
이만 재고 있다

　입술들이 그물 같은 귓가에
　두런두런 걸려들고
　나는 숨결 날아간 물고기처럼
　입술에 걸려, 쿨럭

　목소리가 증발한다
　저녁이 달팽이 되어 밤의 발목을 기어오르고 있다

디스토피아

새벽 3시 30분
네가 내 가슴에서 이륙했다
탑승했냐는 문자에 차갑게 대답을 얼리고
잘 가라는 톡에 입술을 봉합한 채

이제 내겐 전쟁이 없겠다
인생은 초콜릿 상자와 같다*고 했던가
장미가 얼굴에 핏발을 세워가며 담을 넘던 유월,
배달된 초콜릿 상자
울퉁불퉁 만들다 만 새까맣고 거친 알맹이
어느 것을 집어 들어도 칼날이었다

오븐에서 익어가는 빵처럼 천천히 부풀던
처키처럼 웃으며 내 심장을 찌르던
시멘트 담장 모서리를 급히 돌다 쏠린 팔뚝 같은
내 허공에 하얀 절망의 비행운을 그려준 너

새벽 5시 57분

보잉 B777 한대를 격추시켰다
감은 눈두덩 안에서 이리저리 굴러가는 눈동자
그 속에 네가 묻어둔 물관 흐르는 소리를 들으며
지옥에서 보낸 한철**을 농담처럼 떠올린다

어미 개의 몸에 붙은 죽은 새끼 냄새 같은
너의 얼굴을 툭툭 닦아낸다
끈적한 기억이 침대 위로 후득, 떨어진다

* 영화 〈포레스트 검프〉에서 인용.
** 랭보의 시 제목.

씨앗의 파롤

칠백 년 만에 한 생애가 깨어났다
단단한 시간이 몸을 풀고
희미한 빛이 눈 속으로 걸어온다
탱화 속 꽃잎이 튀어나올 것 같은 아라홍련*이라
사람들은 끊을 수 없는 윤회의 사슬에 고개를 끄덕이는데
나는 왜 캄캄한 슬픔 속으로 가라 앉을까

ZIP파일처럼 압축된 서사를 풀어내는 씨앗
진공의 날들을 관통한 잎새마다
탱탱하게 저장된 광활한 이야기를 피우는데
우울을 배양하는 내 속의 종양은
오늘을 기록 할 작은 폴더마저 손상시킨다

생은 단단한 칠흑 속을 저 홀로 뒹구는 씨앗 같은 것
온몸에 바이러스가 저주처럼 깔리면
다시 아득한 내생來生의 빗장뼈를 더듬으며 잠들 수 있을까

하여, 수백 년 뒤 거짓말처럼 깨어나
두꺼운 잠에 빠진 기억을 털어놓을 수 있을까

산성의 무너진 돌담에는
바람이 삐걱이며 뼈를 맞추고
거미들이 식탁을 무수히 차렸었다고
뭉쳐진 이야기를 풀어 놓을 수 있을까

압축된 왕조의 둥근 파일이 연못 속에 두런두런 피
어난다

* 함안 성산산성의 고려시대 지층에서 발굴된 연꽃 씨앗이 700
년 만에 꽃 피웠다.

밤이슬

골목의 찌그러진 맥주 캔
서늘한 살갗을 빛내며 웅크리고 있다
나도 저렇게 차갑게 찌그러질 수 있다면,
단단하게 얼 수 있다면
깨진 보도블록 틈새에 핀 민들레의 노란 웃음을 보며
세 시간 전 잠들었던 소름이 울컥 쏟아진다

이제 늙은 골목을 떠나려 고개를 젓지도
폐경의 빛깔로 숨어드는 고양이 울음을 잡으려 귀
를 뻗지도
밤바람이 뾰족하다고 몸을 감지도 않는다
나는 날마다 나를 살기 위해 나를 지워간다

맨발에 쇠 구슬을 매달고 걷는 시린 소리
지금 나는 모르는 그와 자기 위해 밤길을 건넌다
네온사인 날 선 눈으로 쳐다봐도 마음 베이지 않는
다

납작하게 흔들리는 그의 몸에 나를 포갠다
누군가 밤을 끄고 나를 잘근잘근 밟으면
조용히 뭉개질지도, 그럴 수도
현실은 언제나 주머니에 넣고 다니는 머리끈처럼
내 목을 졸라 묶으려 한다
나는 투명하게 충혈된 얼굴을 잡고
거리 이곳저곳을 뒹굴며 혼자 웃는다
단풍이 붉은 손 흔드는 계절에도
내 삶은 여전히 어둠 속을 떠돌고 있을까

다시 쇠는 밤길
나는 마음 없이도 마음을 줄 수 있는 사람
휘청이는 불빛 아래 취객과 마주쳐도 눈빛을 꺾지
않는다
매일 아침, 낯선 풀잎 위에
홀로 눈을 떠도 부끄럽지 않다

어제 만날래?

물 위에 누워본 적 있니
얼어버린 물 위에서
검은 하늘을 올려다보면
왜 명치가 칼로 저며지는 것 같을까

뇌지도를 따라
2월의 일루리삿으로 떠나 볼래
간유리 너머 뿌연 어제를 향해 날아가 보자

고래 심장을 한 컵 마셔 볼까
뭔가 슬금슬금 떠오르는 게 느껴져
빙하에 귀를 대고 들어봐
유빙을 뚫고 쇄빙선이 달려오고 있어

물을 뿜어대며 반만 잠든 고래*를 깨워줄래
꿈속 계단을 따라 가슴으로 내려가면
두꺼운 얼음 밑 주름처럼 흐르는 물속에서
웅크린 혹등고래의 울음소리가 들려

세상을 잊고 세상에 잊힌 자, 티 없는 마음에 영원
한 햇살**

잠들어있는 아슴한 겨울의 복판을
손을 뻗어 만져봐
견갑골 사이 스멀거리는 벌레처럼
잡힐 듯 잡히지 않는 뿌연 햇살
팔을 뒤로 돌려 긁어봐

우리 지워진 어제에서 다시 만나

* 고래는 뇌를 한쪽씩 번갈아 가며 반만 쉬게 하는 방법으로 잠
을 잔다.
** 알렉산더 포프의 시 일부.

한밤의 누와르

남자가 휘청이는 책상 모서리를 짚는다
터질 듯 결을 세우는 팔의 근육들
전등 불빛이 돌아가고 시계 소리가 돌아가고 옷걸
이가 돌아간다
단단한 둥치 부러지는 소리가 온 밤을 뒹군다

그녀는 남자의 코에 손을 대보고 얼굴을 쓸어본다
몸을 말고 침대에 단단하게 파묻힌,
굳은 토막 속으로 숨소리만 꺼지지 않고 들락거린
다
태초의 우주도 이렇게 고요했을까
껌벅이는 눈으로 들어가 말을 건네는 창가의 국화
꽃
남자는 꽃을 품은 눈동자만 오래오래 굴리며
부패하지 않는 깊은 잠에 대해 말한다

사는 건 이깔나무 잎 지는 바위틈에 홀로 핀 국화
향기 같은 것

물수건으로 남자의 몸을 닦으며 탁자에 놓인 서류
를 보는 여자
병실을 기웃거리는 어둠은 무슨 생각을 하고 있는
걸까
볼펜을 쥔 채 꿈꾸듯 먼 하늘을 보는 그녀의 속눈썹
이 가늘게 떨린다

꽃잎이 바람에 날리고, 꿈이 한 장 떨어진다
장기동의서에 서명하는 여자
수많은 은하들이 밤하늘에 고적한 운항을 하고
또각이며 계절을 건너가는 페가수스

열어 둔 창으로 꽃향기가 노랗게 길을 나서고
궤도를 이탈한 별들이 후둑, 진다

제
3
부

기
억
의

건
축
학

기억의 건축학

한 번도 만나보지 못한 계절, 내 몸에
전선 같은 핏줄을 설치하고
꾹 눌러 놓고 떠난 당신

초록이 뼈를 태우는 한 잎의 밤, 허공에
향이 손가락 풀어 하얀 그림 그릴 때
길게 자란 고요가 까무룩 졸고 있다
고사리 올리고 조기 올리고 떡 올리고 식혜를 올린다
배를 올리려다 말고 한참을 쳐다본다

꼭지가 떨어진 배꼽, 그 깊은
동굴 속에 녹아있는 여름 냄새를 만진다
작은 열매 노랗게 익자 탯줄을 잘랐겠지
움푹한 내 배꼽을 더듬어 본다

당신과 나의 이음줄이 있던 곳
내가 익어 세상에 나오자 잘리고 매워진 자국
그 속에 묻어둔 당신 맥박이 눈을 끔뻑인다

기억할 수 있는 기억이 없다는 것이 얼마나 저린 기
억인지

껍질을 벗기고 배꼽을 깊게 도려내 목기에 올린다

세상의 모든 그리움이 향 쪽으로 몰려가 타는 밤,
흩어지는
연기 사이 웃고 있는 얼굴이
내 몸에 아득한 전류를 방출한다
심장에서 나온 맥박이 붉게 퍼진다

보이지 않는 것을 가득 담고 있는 자시子時, 막힌 동
굴 속에서
갓 낳은 달걀 같은 당신 숨소리
환하게 걸어 나온다

때로는 손가락으로도 울 수 있구나
― 시월의 보채리*

그의 장갑에 손을 넣는다
웅크린 장갑이 스프링처럼 키를 세우고
구멍 사이로 엄지손가락이 빠져나온다
봉숭아 꽃물 반쯤 날아간 손톱
그 위에 걸터앉은 기억이 서늘하게 되살아난다

주검을 걸치고 누렇게 세상을 말고 있는 누에고치
  누에고치 위 미동도 없이 누운 하늘에 흙 한 삽 떠
넣을 때
  우주의 호흡이 불현듯 몸에 스친다

미처 방수 처리를 하지 못한 지붕처럼
눈에서 자꾸 물이 떨어져 손가락 위 꽃잎을 적신다
공막 위에 서 있는 잎 떨군 흰말채나무, 그 핏발 뒤로
붉게 엉키는 실을 뽑아 머릿속에 둥글게 밀어 놓는다

실을 풀어 장갑을 꿰맨다
헛디딘 바늘 자국 위로 샐비어가 새어 나온다

남은 봉숭아 꽃물을 덮고 번지는 뜨거운 피
그의 영혼에도 반쯤 꽃물이 들어있을까
손가락을 입에 넣고 허공을 본다
빈 하늘에 피어있는 꽃구름, 아득하다
나비 한 마리 그의 영혼인 양 눈앞에서 맴돈다

때로는 손가락으로도 울 수 있구나

* 경기도 안성의 작은 마을.

눈꽃 빙수

푸른 피 어디에 버리고
새하얗게 탈색되어 갈기갈기 날리는 걸까
하늘은

채칼로 친 푸른 살갗
문득 흰 꽃 되어 떨어질 때

그때 그도 갈래갈래 흩어지고 싶었을까
온몸에 흐르던 뜨거운 피 버리고
펄펄 펄 주저앉고 있었을까

어쩌자고 이른 새벽 몸을 벗어 나무에 걸었을까
느티나무 가지에 걸린 검은 몸
무게 없는 무게로 흔들리던 몸 위로 쌓여만 가던 흰
꽃

곤한 잠에 빠져 있는
댓돌 위 일곱 켤레 신발 위로

쌓이던 소복한 살점
하늘에서 누가 빙수를 갈고 있던 걸까

하늘과 땅 사이
덮어주고 싶은 것 있어
정지보다 따듯하고 움막보다 포근한 눈꽃
하얗게 날리는 동안

하늘 껍질 수의로 걸친 채
그 많은 사연 어둠 속에 걸어 둬야 했을까

그릇 위로 소복이 떨어진, 제빙기에서 밀어낸 꽃
흰 꽃 한술 떠 넣자
찌릿하게 기억의 지층을 뚫고 올라오는
아버지

컹컹, 짖고 싶은 밤

슈나우저 한 마리, 성대 없는 목으로
짖어도 짖을 수 없는 소리를 만들며 나를 본다

거실 한 켠 방울방울 켜지는 강아지의 젖은 눈빛
재개발 아파트 창밖으로 어둠이 몰려오고
나는 까만 도화지 같은 밤하늘을 본다

밤의 속살을 치한처럼 더듬던 바람
손에 쥐고 있는 등록금 고지서 뺨을 할퀸다
검은 핏방울처럼 몽글몽글 올라오는
하루밖에 남지 않은 납입 기간

2월 25일이라는 글자를 보다 아들 방을 본다
이불 밖으로 삐져나온 잠에 취한 발이
열린 문 사이로 새근거리며 늘어져 있는 방
 돌아눕는 발에 차인 벽지 속, 시멘트 가루가 비명을
지르며 쏟아진다

밤은 점점 깊어가고
전등불은 그렇한 빛을 흘리고
나는 통장의 잔고를 보며 깨야 할 적금을 확인하고
꼭 다문 입술 사이로 벌레처럼 기어 나오는 설움을
손 빗장으로 누른다

아무리 생각해도 깜깜하기만 한데
온몸의 살갗을 시멘트 바닥에 문지르는 밤인데
이런 밤은 성대 없이 울 수 있는 슈나우저를 끌어안고
없는 목소리에 내 목소리를 얹어
목이 쉬도록 짖고 싶다

물고기 단추

툭,
단추가 떨어졌다
둥글게 굴러서 화장대 밑으로 숨어버린다
단추가 떨어진 블라우스

바다색 실을 꿰어 단추를 단다
꼭꼭 매듭을 지어 달았어도 자꾸만 떨어져 숨어버
리던 너
너를 돌아서게 했던 서늘한 말들 비늘처럼 촘촘하다

내가 달아두지 못했던 너와의 한때
뜨겁게 살을 태우던 햇살들
네가 내게서 멀어지던 날
날 선 칼로 심장을 파고들던 너의 눈빛
지나간 날들의 팔딱이는 꼬리를 붙잡고 있는 나

구멍에 바늘을 넣어 옷의 뒤편에서 실을 당긴다

팽팽하게 당겨지는 너의 뒷모습
다시 바늘을 찔러 넣는다

순간, 말캉한 손가락에 쑤욱 박히는 너
붉은 물감이 번진다
단추를 타고 퍼덕이는 상처 내음

묵은 파도 소리가 비릿하게 출렁인다

갠지스강 가는 길

오죽烏竹을 닮은 사람이 앞에 있다
파란 머플러 아래
누런 체크무늬 남방 아래
구겨진 고동색 칠부 바지 아래
여윈 까만 다리 아래
끊어질 듯한 갈색 슬리퍼 끈 아래
하얗게 빛나는 발톱 아래
울퉁불퉁한 길을 밟고 있는 검은 발

사는 건 삐걱이며 언덕 너머 언덕을 오르는 일

끼익, 비명을 지르는 낡은 릭샤*에 나를 맡긴다
소리에 찔린 그의 엉덩이가 엉거주춤 일어나고
패달을 밟는 깡마른 장딴지에 버거운 삶이 탱탱하다
빨래를 짜듯 비트는 몸에서 떨어지는 힘겨운 포말들
야윈 어깨와 등판이 눈앞에서 출렁이는데
바퀴살은 운명을 거머쥔 듯 쉬지 않고 돌아간다

생의 목적지에 도달한 것처럼 갠지즈강에 내려놓는
남자

  세상의 모든 눈동자가 잔잔해진다
  1달러의 팁을 받고 두 손을 모으는 라마스테
  얇은 몸에서 비릿한 살 냄새가 두툼하게 걸어 나온다
  엄지를 들어 올리자
  그의 흰 이가 쌀알처럼 피어난다
  저녁 식탁에 둘러앉을 가족의 웃음이 풍성하겠다

  바라나시 하늘에 구름 경전 빼곡하다

쥐

내 머릿속엔 쥐가 산다
구겨놓은 종이 같은 뇌 속에 숨어있다가
밤이면 반짝이는 눈을 빛내며 타닥타닥
수몰된 아홉 살을 떠오르게 한다

다락방 천정
늘어진 쥐꼬리 같은 검은 전선 아래 흔들리는 밤
노랗게 질린 전구알이 치렁거리는 어둠을 갉아먹고
까만 손톱의 아이가 일기를 쓰고 있다

다짐 위에 다짐을 덧칠하고 있는 아이
조붓한 계단을 밟고 고구마 썩는 냄새가 올라오고
운동회가 무르익은 다락
머리 위에선 우르르 쥐들의 달리기 소리가 귀를 적
시고
발 아래에선 비명 섞인 소리가 온몸을 적신다

입술을 질근질근 씹으며 문을 열고 내려다본 안방

운동회 날 바통처럼 손에 가위를 든 아버지
서늘한 가위 바통을 얼굴로 받아낸 엄마
찍힌 엄마의 볼에서 흘러내리던 붉은 실타래가 어
깨를 적실 때
찐빵 속에 웅크린 팥처럼
나는 다락방에 몸을 말고 죽고 싶은 새끼 쥐 한 마리

일기를 쓰고 쓰고 또 쓰고
글자 위에 글자를 덧입힌다
쥐처럼 찍찍이며
검은 때 절은 손으로 밤새 밤을 그린다

어둠이 비열한 웃음 흘리는 밤이면
내 머릿속 다락방에는
쥐가 타닥거리며 운동회를 한다

도로 위의 잠

야음을 틈타
허기를 지우려던 걸음이
눈발 날리는 도로에 널브러진다

부릅뜬 눈에
달빛이 소름처럼 내려앉는다
도로가 훅훅,
고라니의 식어가는 숨을 삼키고
밤은 검은 손을 뻗어 고라니의 살갗을 더듬는다

난생처음 등을 깔고 누워 바라본 하늘
단단한 어둠 찢고 나온
쪼개진 반달이 눈에 박히고
자작나무 그늘 속에서 튀어나온 부엉이 울음소리
여린 숨을 휘감고 맴돈다

널린 몸통에서
새어 나오는 실타래 같은 핏물을

솜털 쌓인 도로가 삼킨다

밤새 눈발이
중얼중얼 잠꼬대처럼 내리고
도로는 하얗게 꿈을 꾼다

내가 죽은 어제

크레바스에 발이 빠졌다

잘린 저녁
내 발소리를 밟으며 골목을 끌고 오는 검은 자루
가로등이 껌뻑껌뻑 모스부호를 흘리고
전봇대는 그림자를 길게 늘인 채 와들거렸다
대문 안쪽, 묶인 쇠줄을 끌며 컹컹거리는
시베리안허스키 울음소리가 허공을 물어뜯고
담장 밖으로 삐져나온 나뭇잎이 새파랗게 흔들렸다

자루의 몸집이 커졌다
나는 온몸에 두려움의 살갗을 파종하기로 했다
젖은 수건 같은 검은 자루가
점점 커지며 내 몸을 덮기 시작했다
순간 발소리가 바짝 마르고
자루가 와락 발목을 잡더니 엉덩이로 기어 올라와
어깨를 훌쩍 넘어 머리까지 모두 덮어버렸다
엎어진 두려움 위에 배양되는 공포

94

부둥켜안은 두 그림자 춤을 추고
자루 밖으로 뾰족한 나뭇가지가 거세게 나왔다 들
어갔다
검은 칼날이 그림자를 찌르고
증식된 공포가 달빛을 빼곡하게 가리고 있었다
나는 비명을 지르기로 했다

서늘한 자루 눈빛에 꺾여 몸속으로 들어가는 소리
터지지 못한 비명 하나가 도화지처럼 구겨졌다
나는 죽기로 했다 어제
문텐*을 하며
오늘로 발을 빼지 않기로 했다

* 조어. 썬텐에 대비되는 말.

민들레 김치

나는 일에 절여진 식물
웃자란 건물이 하늘을 찌르는 도시에
하루가 시들고 어둠이 홀씨처럼 내려앉는다

풀죽은 오늘을 씻어내며 무인 택배함에 길을 낸다
십 열 종대로 서 있는 함이 이마를 번들거리고
함 속 가득한 고요가 차가운 날짜를 세고 있다

비밀번호를 누르자 종일 서 있던 함의 관절 펴는 소
리가 삐걱 저녁을 건넌다
주문한 적 없는 덩치 큰 박스 하나
진즉에 도착한 삐뚤빼뚤한 글자가 눈을 파고 든다
민들레 김치를 보낸다는 엄마의 손글씨

뿌리째 버무려져 배달된 쓰디쓴 봄이 훅 코를 밀고
들어온다
내게로 향해 머뭇거리던 전화벨이 머릿속 가득 차
오른다

산골 밭둑에 엎드린 채 붙박이로 살았던 그녀의 민
들레 같은 날들
  엄마는 온몸의 힘을 둥글게 말아 올려
  나를 도시로 날려 보냈을까
  빠져나가지 못한 시큼함이 슬픈 무게로 발효되었다

  식은 바람 냄새가 내 머리채를 흔들고
  택배함이 조직적으로 나를 쏘아보는 아파트 후미
  보도블록 모서리에 얼굴 내민 민들레 하나,
  가늘게 떨고 있다

흰소

죽음으로도 닿을 수 없던 그리움의 병목 지대
허기진 세월이 한 폭 그림 속에 갇혀 있다
거친 숨을 품어내며 박제가 된 날을 응시하는 흰
소*
쇠뿔을 안테나처럼 세워
지글거리는 그리움에 주파수를 맞춘다
궁핍이 앞을 막아 움직일 수 없는 소는
오른쪽 발을 들어 어디로 가려 한 걸까

한 뼘 남은 생의 마지막 외출이었을까
투박하게 드러난 뼈마디
잔등에 날리는 하얀 깃털
총채처럼 세워진 꼬리
단단한 뒷다리는
금방이라도 땅을 박차고 휘달릴 듯하다

현해탄 건너간 가족을 향해
닿을 수 없는 발걸음을 옮기고 싶었겠다

품어대는 하얀 입김의 클랙슨에도
풀릴 기미가 없는 정체된 날들을 보내야만 했던,
옴짝달싹할 수 없는 미아 같은 생의 길목
눈자위 가득 세상을 향한 아픔이 서려 있다

*이중섭이 1954년 그린 그림이다.

무심천에서

후회는 그리움의 또 다른 이름
해질녘 억새밭에 서면 그리움이 새어 나온다
당신을 향한 돌이킬 수 없는 말들이
눅눅한 리듬으로 고이는 무심천無心川

그 무엇도 내게 와서는 웃음이 되지 못했던 한때
천변을 휘돌던 바람처럼 내 안의 모든 독기는 이리
저리 몰려다녔고
당신을 향해 모질게 뱉었던 말들이 통점으로 박힌
다

흔들리는 것에도 저렇듯 서글픈 기억이 묻어나는가
놀빛이 잘방잘방 흐르는 천변, 굽은 어깨로
으악새 슬피 우니 가을인가요* 노래를 나지막이 읊
조리던 아버지
목소리 잃은 선율이
온몸을 흔들며 텅 빈 저녁을 실어 나른다

후회는 오지 못할 계절 앞에 더 무성하게 피는 법
당신은 나의 생 어디쯤에서 하얗게 풍화되어
모르는 음역으로 지워질까
조율되지 못한 그리움이 후렴처럼 쌓이고
까마득한 회한이 들끓는 물 위로
당신은 새가 되어 살며시 내려앉는다

* 고복수의 「짝사랑」이라는 노래 가사 일부.

틸란드시아*

낯선 머리카락이 날렸다
초록으로 풀어헤쳐진,
머리카락에 당도한 오래된 행성의 뜨거운 눈빛이
모든 색깔을 버리고 정수리에 고인다
머리에선 투명한 냄새가 난다

너는 나의 공중 식물
창가에서 바람이 밀어주는 그네를 타고
나는 공중 아파트 흔들리는 생을 살지
너와 헤어져 너를 돌아서도 너뿐인 풍경
늘 가시거리 안에 떠 있는,
떨리는 심장 박동만으로 읽히는 너와 나의 행간

부유하는 먼지를 삼키며
오랫동안 침묵한 너는
시간 속으로 거미줄 같은 긴 뿌리를 뻗고 있지
아무도 모르는 무게를 포획하고 있지
침묵이 너를 키우고 있던 건지

네가 침묵을 기르고 있던 건지

머리카락 위로 등을 대고 눕는
먼지의 속살을 가만히 만지며
휘청 무릎이 금간것처럼 너 거기 살지
조용히 더러워지는 생을 뭉근하게 살지

* 흙에 심지 않아도 공기 중의 수분과 먼지 속의 미립자를 자양
분으로 하여 자라는 식물.

봄을 오리다

기억 한 장에 길을 잃고 한나절 아득한 멀미로 휘청
인다
책갈피에서 툭 떨어진 사진
벚꽃 만발한 봄이 다가와 십 년 전 웃음을 토해 놓
는다

우암산 순회 도로는 한지를 발라놓은 듯 환하다
종이에 구멍을 뚫고 안을 들여다본다
청바지에 줄무늬 티셔츠 그리고 생머리
내 어깨에 네 손이 포개지고
네 어깨에 내 머리를 기댄 채 얼어있는 봄

부신 햇살 뒤로 돌진하던 4월의 자동차가 비명을
지른다
굳어가는 다리가 단단해
말의 꼬리를 자르며 웃음을 냉동시켰던가
벚나무는 해마다 몸을 불리고
오해의 꽃은 뭉텅뭉텅 피어났던가

늘골 아래 묻어둔 그리움을 캐내는 사진 속 봄날
각진 시간이 멈춰 있다
웃고 있는 너의 얼굴을 오려내고
종이로 꽃을 접어 붙인다
절름거리는 슬와에서 벚나무 새순이 돋는다

기억을 토렴하다

내 몸은 기억의 집이다
오늘처럼 밥물 끓는 소리로 비가 오면
물안개처럼 작은 집이 피어난다
그 집에는 따듯한 재봉질 소리가 내린다

뿌연 창 안에 백열등이 흔들리고
누런 불빛 아래 고슴도치처럼 몸을 말고 앉아 있는
당신
응달에 놓은 물처럼 꽁꽁 언 삶을 살던,

7남매 배 곯을까 재봉틀에서 내려오지 못하던 다이
달로스
북 실을 감고 바늘을 꿰어
지퍼를 달고, 바지 단을 줄이고, 치마 길이를 늘이며
구멍 난 가슴을 기우던 엄마

바느질하다 긴 한숨을 토해내던 모습이
오늘 빗소리를 타고 명치에 콕콕 쌓인다

밤마다 남몰래 천 조각을 모아 팔에 덧대고
시간의 날개를 박음질해서 떠난 당신

지금은 비가 오고
당신은 가버린 사람이고
기억을 토렴하듯 나를 데워주는 그 집에는
재봉질 소리가 뿌옇게 내린다

제
4
부

없
는

방

없는 방

방은 손에서 태어난다
혼자 들어갈 수 있는 방부터
오천 명*을 수용할 수 있는 방까지
하루에도 수십 개씩 톡톡 울음을 터뜨린다

손은 방의 부모일까 노예일까
무수히 많은 방이 있어도 스물네 시간 잠들 수 없는 방
손이 잠들 때 비로소 꿈꾸는 방
방은 시간과 공간을 연결해 손을 관리한다
길을 걷다가도 똥을 누다가도 호출이 오면
소문보다 빠르게 방으로 들어가야 한다

방에서는 매일 가면극이 열린다
관심과 방관과 좋아요 사이에서 가면이 탄생한다
아픔과 고통이 높아지고 기쁨을 가장한 웃음도 ㅋ
ㅋ 날개를 단다
먼바다 건너 사람도 거짓말처럼 공간을 넘어온다
없는 것이 있는 것으로 둔갑하면 있는 걸까 없는 걸까

110

방을 착각하면 대혼란이 일어난다

이 방에 털어낼 욕이 있고 저 방에 쏟아 낼 칭찬이
따로 있다

방심하는 순간 분위기가 험악해지고 따돌림이 흔해
진다

방은 늪이 되고 호수가 되고 구름이 되고 돌이 되고
착각이 된다

당신은 어떤 방을 원하는가

대답할 틈도 없이 낯선 방에 초대된다

스스로 만든 방에 갇힌 손

누울 수도 잘 수도 없는 수많은 방에서

밤이고 낮이고 시간을 착취당하며 고된 노역을 한다

없는 방이 우수수 태어난다

* 카카오톡 채팅방의 최대 수용인원.

보디가드

누가 그녀의 발에 내 몸을 심었을까
뿌리가 같다는 건 함께한 기억이 많다는 것
검은 외투 걸치고
출근길에 따라붙는 것으로 하루를 시작한다
돌아도 돌아도 제 자리를 맴도는 행성처럼
그녀의 주변을 도는 건 숙명일까
밝은 곳에서는 들키기 쉬워
낮엔 햇살로 몸을 졸여 압축시킨다
나를 떼어놓고 그녀가 8시간 동안 공장 안으로 사
라진다
기계 소리를 들으며 나는 목적과 방향을 잃어버린
다
공장 밖으로 끊임없이 쏟아져 나오는 스트로폼
나를 창백하게 만드는 백색 냄새
그녀는 안쪽에서 무슨 음모에 걸려든걸까
저녁엔 나를 키워도 좋다
몸을 불리는 건 위험한 도시에서
그녀를 보호할 수 있는 유일한 방법

어둠이 설치류처럼 숨어있는 담벼락을 지나 집에
들어서면
그녀보다 먼저 침대에 눕는다
내 배 위에 그녀가 등을 뉘고 이불을 당길 때
그제야 안도의 숨을 토한다
아슬하게 건조된 하루를 덮고 누운 나는

그녀의 숨소리만으로 행복한 그림자

눈 속의 비행

아이들이 가버린 운동장
비행기 하나 누운 채 날고 있습니다
그리다 놓고 간 꼬챙이도 뾰족하게 눈을 맞고 있습
니다
급히 비행기를 탄 걸까요
비행기 아래 창백한 실내화 한 짝이
탑승하지 못한 채 눈에 젖습니다

소나무 잎잎에 올라앉은 하늘은
눈의 무게만큼 몸을 들썩이고 있습니다
눈이 그치고 나면
하늘은 쏟아낸 눈송이만큼 가벼워질까요
하늘 한 귀퉁이를 지그시 누르면
고여 있는 당신이 와르르 쏟아질까요

깊게 파인 비행기 테두리가 희미하게 덮입니다
조그만 창문에도 한 송이 하늘이 내려옵니다
바람이 폐활량을 키우는 운동장 구석

언 채로 흔들리고 있는 그네 위에 눈송이가 차오르
는 걸 보며

내 살갗도 따듯하게 얼어갑니다

눈이 비행기를 삼켜버린 운동장

발의 체온을 담은 실내화는

온기를 지우며 지워지지 않는 무덤으로 지워집니다

무게를 버리며 무게로 떨어지는 눈 속에서

놓지 않기 위해 놓아야 했던 내 머릿속

당신의 비행운을

비행기 떠난 땅으로 날려 보냅니다

깰 때

구두에 들어간 뾰족한 돌
움직일 때마다 발바닥을 찌른다
생각이 구를 때마다 껄끄럽게 머릿속을 쑤시는 너
처럼

잘못 들어간 돌은 상처를 내는 법
작아진 옷을 수거함에 넣고 돌아서듯
미련 없이 꺼내 던져 버려야 하는 것

미련을 방치하면 썩기 마련
썩기 전 모과가 가장 향이 진하듯
사랑도 썩기 직전이 가장 향기롭지
향기가 나는 건 떠나고 있는 것
이제 지상에서 가장 아름다운 향을 너에게 선물하
자

잘 썩는 법은
날마다 만날 수 없는 핑계가 생기는 것

핸드폰이 수없이 울어도
우리는 무심히 스쳐야 할 공항에서 처음 본 사람
더 사랑한 사람이 지는 거라며 웃는 너의 볼 우물에
퇴화하는 내 감정은 말없이 돌을 던진다

어차피 사랑은 누군가의 팔딱이는 심장을 훔치는 일
심장이 더 이상 뛰지 않으면
빨리 문을 닫고 나오는 것이 수순이라고
나뭇가지 흔들던 바람이 귓속을 살살 후빈다

그리고 내가 있었다*

그녀가 없는 손으로 목을 조인다
빨간 비명을 지르는 창가의 포인세티아
콘센트에서 피기 시작한 꽃들은
바람 인형처럼 춤을 춘다
그녀가 방안에 뿌연 음악을 깔고
손가락에 점점 힘을 더해간다

남자의 몸 위로 올라가는 그녀,
온몸의 살을 풀어 구멍을 찾는다
눈을 핥고 콧속을 핥고 허벅지를 핥는다
남자를 샅샅이 애무한 그녀는
홑이불처럼 그를 덮는다

그의 손가락이 바람 속 나뭇잎 되어 가늘게 떨리더니
몸이 젖은 빨래처럼 늘어진다
몸은 젖은 빨래가 된다
여자는 한동안 굳어가는 남자의 주변을 서성이다
창문 틈으로 스르르 빠져 나가버린다

머리카락 하나 떨어뜨리지 않았다

까맣게 타버린 방안
나는 벽에 둥글게 걸린 채 그을린 남자를 품고 있는
거울
남자의 누운 몸이 밤새
반짝이는 내 얼굴에 수묵화를 찍는다

아무도 내게 물어오지 않는다

* 〈And Then There Were None〉(1945)에서 착상.

체인스티치

빗물이 여문 들깨처럼 떨어지던 박달재
미끌미끌한 검은 혀를 날름거리며 일어서는 도로
혀 위를 구르던 트럭 하나 그녀를 덮쳤다

무릎을 뚫고 들어온 검은 그림자,
바퀴 하나 슬쩍 버리고 가버렸다

휘청,
흔들리는 밤의 척추
그녀를 태운 차가 축축한 혀 위에
죽어가는 팽이처럼 비틀거리고
기억의 뇌관이 하얗게 돌아간다

불 밝힌 방학동 봉제 공장
미싱 위로 달리는 뾰족한 쇄빙선이 꾸벅이는 손톱
위로 달려온다
비명이 박음질 되고 굵은 스티치 위로 떨어지던 핏
물

갈래갈래 흩어지던 꿈들 사이로 벌겋게 드러나던
살점
　녹슨 동전 같은 달 묵념하듯 떠 있던 열일곱의 밤이
소환된다

　무릎에 바퀴 자국이 수 놓였다
　길게 드러누운 질척이던 도로 같은 시커먼 흉터
　체위를 바꿔 무릎에 엎어져 있다

　늙은 타이어 하나 그녀의 몸에 망명했다

물수제비

물가의 돌멩이를 보면
수제비를 뜨고 싶지
하나 · 둘 · 셋
탭 댄스를 추듯 물의 몸통을 걷는 돌멩이

돌은 어디서 태어나는 걸까
물 위를 간질이며 걷던 단단한 몸이 잠수한 게지
아무도 모르는 깊은 물
새파란 자궁 속에서 씨앗을 퍼뜨리는 게지

씨앗은 물속을 구르고 수초의 펄럭이는 손길을 받
으며 잔돌로 자란 게지
가끔은 길 잃은 햇빛이 물속으로 들어와 얼굴을 할
퀴지
춤추는 물살의 어깨에 걸려 넘어지기도 하고
떼 지어 이사 가는 물고기들의 이삿짐에 숨어
주소 없는 곳에 발을 딛기도 했겠지
성긴 바람을 맞으며 돌은 점점 자란 게지

뒹굴고 뒤집히고 쓸리면서 단단하게 몸을 키운 돌은
강가로 모여드는 게지

근육을 뽐내며 단단하게 익은 돌을 볼 때
수제비를 뜨고 싶은 것은
뜨겁게 영근 몸을 식히고 싶은 돌멩이가
소리 없이 내 귀에 속삭이기 때문인 게지
저 깊은 물의 자궁 속으로 보내 달라고

여름이 질 때

가을이 마당에 성큼 발을 들인다
서늘한 바람을 벗어 나뭇가지에 걸고
손에 든 노란 향기 화단에 내려놓은 가을은
여름이 내미는 햇살 쥬스 한잔을 마신다

여름은 몸이 바짝 말라가고 있다
꽃 피던 날을 앞치마에 달고
흘러내리는 시간을 애써 핀으로 묶어 놓은 여름은
양파를 다져서 눈이 시리다고 한다

한때 여름을 소장하고 싶었던 가을은
잠시 들른 것이다
여름이 입을 연다
여기 엉겅퀴가 살았지요
메꽃이 조용히 앉아 있었지요
푸르른 날들이 꿈틀거렸지요

가을은 그냥 먼 산만 바라본다

굵은 여름의 속눈썹이 젖어 들고
어린 코스모스가 가을을 힐끔거린다
여름의 얼굴은 구겨진 파지가 된다

가을은 여름을 한동안 바라보다 다시 바람을 입고
화단에 내려놓은 노란 향기 등에 지고 일어선다

나뭇잎이 버석이며 내려앉는다

슬픔의 규격
— 고흐의 비탄

흑백의 시간 속
아슬하게 건너는 차가운 거리의 인생
불빛마저 시엔*의 어깨를 누를 때
머리 풀고 웅크린 서러움이 단단하다
캔버스 안에 갇힌 44.5 x 27cm의 슬픔은
얼마만큼의 규격일까

발가락 위 아슬한 발목
가느런 발목 위에 얄팍한 종아리
그 위에 놓인 허벅지
쪼그려 앉은 허벅지 타고 흐르는 엉덩이
엉덩이 앞쪽 위에 늘어진 배 그 위에 처진 젖가슴
그리고 그 위 담을 친 가느런 팔
팔 위로 얼굴을 묻고 검은 공처럼 떠 있는 머리
공 위로 아무렇게나 흐르는 숱 없는 머리카락
검은 공을 뚫고 올라온 뾰족한 귀

그 위로 천정이

천장 위엔 무너질 듯한 하늘이 있었을까
어깨에 묻은 얼굴엔 눈물이 범벅되어 있을까
아이의 맑은 눈이 내내 머릿속을 떠다녔을 저녁

그녀의 슬픔은 수많은 밤을 건너온 오늘도 진행형
이다.

* 시엔은 고흐보다 세 살 위였다. 딸과 뱃속에 또 하나의 생명
을 잉태하고 있었으며, 남자에게 버림받고 굶주림에 못 이겨
비 오는 날 거리에서 남자를 찾던 중 고흐를 만난다.

물고기 구름

또 무릎을 꿇었다
테라스가 기우뚱
떨어진 찻잔이 흔들리다 중심을 잡는다
찻잔 속 작은 연못에 파문이 인다
물 주름 사이로 가파른 산이 들어오고
산의 꼭짓점에 닿은 하늘이 출렁인다
내 절름거리는 다리를 끌고 넘어야 할 산
산의 능선을 베어 먹고 있는 물고기 구름이 연못을
유영한다

터진 무릎에 몽글몽글 번지는 핏물
길이가 다른 두 다리는 언제나 가지런해 질까
헛디딜 때마다 생긴 상처 위에 터를 잡은 흑갈색 딱
지
시간을 덧댄 무릎엔
절룩이는 발자국을 쓸어 담은 상처가 익어가고
말랑한 두려움이 속살을 채우는 틈으로
나의 상상도 무럭무럭 자란다

떨어진 찻잔을 집어 올리자
화들짝 튀어 오르는 물고기
허공의 푸른 살갗을 헤엄쳐 산을 오른다
손가락이 긴 바람이 힘겹게 산을 넘는 물고기 등을
밀어준다
햇살은 내 무릎 위로 차곡차곡 쌓이고
올라가야 할 언덕이 눈 앞에 펼쳐지는데,
산을 넘은 물고기가 지느러미를 흔든다

물고기 한 마리 무릎을 일으킨다

손 편지

내 마음을 촘촘히 들여 앉혔다
먼 기억의 숲에서 날아온 찰랑찰랑한 웃음도 함께
넣었다
까만 하늘에 떠다니던 별들의 이야기도 가득 담았
다
사방엔 꽃무늬가 새초롬하게 웃고 있는 편지지에
내 한숨 각지게 접어 부친다
글자들이 자꾸 튀어나오려는 것을
꾹꾹 눌러 발송한다

너에게 당도하려면 시간이 꽤 걸릴게다
글자들이 발효되는 데 오랜 날들이 걸릴 테니

굳이 답장은 하지 않아도 된다
그저 펄럭이던 가슴속의 글자들을 잡아서 묶어 보
낼 뿐이니
맘에 안 들거든, 까만 그리움 탈탈 털어서 태워 버
리든지

그도 번거롭다면 서랍 속 깊이 찔러 두길

　난 지금 아므르 강변의 금은화를 보며 서 있다
　너를 향해 뻗은 촉수처럼 하늘을 향해 뻗어 있는 하
얀 수술
　그저 하얀 철사줄 같은 마음
　과녁 없는 텅 빈 하늘에 쏘아 보낸다

　두루미 한 마리 먼 하늘을 날고 있다

만약
─ 수동 골목에서

내가 실이라면
온몸을 다 풀어내겠네
둥글게 말려있는 살들을 풀어
너와 함께 걷던 후미진 길에 펼쳐놓겠네
어두운 골목을 구석구석 누비며
너의 흔적들을 찾아내겠네

꽃잎처럼 떨어지는 가로등 불빛 아래
아슴하게 흔들리는 그림자를 감고
상처를 핥고 있는 고양이의 눈빛에 잠겨
젖은 벽의 물기를 닦으며 어둠의 입자와 뒹굴다
기웃거리는 살구나무 가지를 휘휘 돌아
전봇대 끝 쪼개진 반달을 하얗게 꿰매겠네

어둠을 지워가며 어둠이 되는 어두운 골목
얼마나 더 골목을 돌아야 골목을 나올 수 있을까

돌아오는 길

펼쳐 놓은 내 살들을 한 올 한 올 말겠네
골목을 어슬렁거리는 게으른 바람 소리를 말고
흔들리는 오동나무 가지에 흐르는 별빛을 들으며
꼬리를 치켜 컹컹 짖어대는 슈나우저 목소리를 당겨
골목을 단단하게 감겠네

그리고
먼지 가득 품은 찌든 실로 돌아와
시간이 모두 빠져나간 곰팡이 핀 둥근 빵처럼
차디찬 방구석에 소리 없이 돌돌 늙어가겠네

빗물 얼음

비 오는 날이면 빗물 얼음을 꺼내문다
기억의 냉동고에 아직도 싱싱하게 얼어있는
그날의 빗소리
그곳엔 짓무르지 않는 시간이 보관된다

떨어지는 빗물을 모아 냉동고에 넣는다
냉동고 안쪽에서
빗소리가 제 몸을 얼려가고
작은 네모로 쪼개져 이야기를 분할 저장한다
사각으로 굳어가는 비의 소리

비 오는 날이면 냉동고를 살핀다
얼음 조각 하나를 꺼내 문다
목구멍을 토닥이는 얼음 조각 사이로
시린 당신이 새어 나온다

고추씨처럼 여물어 가던 칠 남매를 달고
당신이 살아냈을 매운 나날들

빚쟁이들이 들이닥친 날
마당에 요란하게 춤추던 세간 틈에 감자알 흩뿌려
질 때
땅에 부딪힌 양푼의 노란 비명
막둥이를 업은 당신은 식은 감자 덩이 물에 젖을까
빗속에서 지네의 발 되어 바둥거리고
등에 매달린 아이의 울음 허겁지겁 삼키던 빗소리

바람은 치마 위 야윈 다리를 핥고
횅한 눈길로 빗소리만 담던 당신
비 오는 날이면 빗물 얼음을 꺼내 문다
시들지 않는 빗소리를 깨문다

사이보그 시대

1.

나는 매일 나의 기억을 헤매는 사이보그. 클릭 한 번이면 싱싱한 칩이 드론으로 배달된다. 오늘은 바닷가에서 어린 시절을 보낸 여자의 기억 칩을 주문한다. 내게 떠다니는 하나의 영상이 있다. 하늘에 국기가 걸린 것으로 보아 아직 나라의 경계가 있던 오백 년 전쯤인 것 같다. 칩을 쇼핑해 머리에 끼울 때마다 스치는 여자의 얼굴. 초원의 어린 시절을 담은 남자 칩을 끼울 때도, 사막 아이의 기억 칩을 교체할 때도, 치직거리는 암전 사이로 떠다니는 여자. 머리를 열고 감정 칩을 갈아 끼운다. 가을을 보내기 전에 떠나간 사람을 만날 수 있을까. 리모컨을 누른다. 벽이 열리고 대형 거울이 튀어나와 나를 에워싼다. 창밖엔 지하철이 수직으로 날고 있다. 거울에 비친 머리카락은 잘 익은 보리 색이다. 홀로그램을 띄우고 새 머리카락을 클릭해서 장바구니에 담는다.

2.

손아귀에 힘을 준다. 인공 근육이 내장된 새로운 팔이 번득거린다. 50년은 더 쓸 수 있을 것 같다. 부저가 울린다. 몸속 음식물 처리기가 다 찼다는 신호다. 내일은 다리를 빼서 쓰레기통에 넣어야겠다. 한 번에 백만킬로씩 질주할 수 있다는 새로 출시된 다리를 클릭한다. 뼈에서 빠져나간 단단한 미래가 보장된다. 심장은 60년에 한 번씩 새것으로 교체한다. 주문한 칩이 도착했다. 리모컨으로 거울을 닫는다. 바다 냄새가 펄럭이는 것 같다. 후각을 잃은 건 오래전 일, 치직 거리며 기억이 리셋 된다. 여자와 중년 남자가 탄 빨간 소나타가 바닷가 절벽 끝에 낙엽처럼 흔들리며 스친다. 그 옆 아이가 고양이를 안고 있다. 나는 돌아갈 수 없는 날들을 찾아 헤매는 사이보그. 굳은 바다 냄새가 잡히지 않는 기억처럼 펄럭인다.

물의 거짓말

머리칼이 아다지오 보폭으로 피어나고 있었던 거다
하얗게 자라는 머리칼은
강이 밀어 올린 희미한 핏줄
머리칼은 강의 몸속 깊은 곳에서 올라온 것
온몸에 돌던 하얀 피가
머리칼의 몸의 빌려 세상에 뿌려진 것이다
머리칼이 자라는 것을 보기 위해 모여든
새벽의 게슴츠레한 눈에도 피는 뿌옇게 차오른다

더 이상 침묵할 수 없을 때
담쟁이처럼 발을 뻗어 도시로 날아가는
화려한 물의 거짓말
도시를 가득 점령한 머리칼이 도로를 닦으며 걷는다
폐지 줍는 노인의 리어카를 지우고
게슴츠레한 가로등의 하체를 덮는다
강이 심장을 움켜줄 때마다
울컥이며 세상으로 수혈되는 안개

하얀 머리칼이 떠다닌다

기억과 탈피, 혹은 새로운 삶을 위한 제의

황치복

문학평론가

1. 새로운 삶을 위한 열망

2017년 한국NGO신문 신춘문예에 시가 당선되고, 2019년 부산일보 신춘문예에 시조가 당선되어 문단에 나온 김나비 시인은 시조집으로『혼인비행』을 발간한 바 있으며, 시집으로는『오목한 기억』이 첫 시집이 된다. 시집의 제목에서 알 수 있듯이, 이번 시집에는 시인이 겪어야 했던 과거의 아픈 기억들이 다양한 무늬로 아로새겨져 있는데, 과거의 기억이 아픈 만큼 새로운 삶에 대한 열망이 길항하면서 서로 날카로운 충돌을 보여주는데, 이러한 과거와 기억과 거듭나는 삶에 대한 열망의 충돌이 이번 시집에 긴장을 불어넣고 있다.

그런데 과거의 기억과 새로운 삶에 대한 열망 중에서

더욱 강렬한 충동은 후자라고 할 수 있으며, 사태가 그러하기에 시인은 과거의 기억을 회상하면서도 수시로 과거의 기억을 수정하고 갱신하기도 하며, 과거의 기억에서 새로운 영혼의 가능성을 타진하기도 한다. 시인의 첫 시집이 대부분 유년 시절이나 지금까지 살아온 과거의 기억으로 채워지는 경우가 많은데, 김나비 시인의 첫 시집은 그러한 점을 공유하면서도, 새로운 삶에 대한 열망을 통해서 변별점을 확보하고 있는 셈이다.

김나비 시인의 시에서 또 하나 주목되는 점은 새로운 삶의 가능성에 대한 타진으로서 환상과 몽상의 세계로 비약하거나 죽음의 세계를 선제적으로 체험해 보려는 충동을 보이고 있다는 점이다. 판타지에 대한 의존은 새로운 삶의 가능성에 대한 열망에서 매우 중요한 기제라고 할 수 있는데, 공상과학 소설이나 영화에 나올 만한 미래의 모습을 미리 당겨 묘사함으로써 새로운 삶의 가능성을 상상적으로 실현하고 있기 때문이다. 또한 죽음에 대한 가상의 체험은 상징적인 통과의례처럼 보이는 죽음 체험을 통해서 기존의 자아를 무화하고 새로운 자아로 갱신하는 어떤 제의처럼 보이기도 한다. 이러한 다양한 면모를 지닌 김나비 시인의 첫 시집에 대해 자세히 분석해 볼 것이지만, 일단 새로운 삶에 대한 열망의 구체적인 모습부터 확인해 보자.

새로운 존재로 거듭나고 싶은 시인의 욕망은 시집 곳

곳에 편재하고 있다. 이를테면 물가의 돌멩이를 보면서도 "아무도 모르는 깊은 물/ 새파란 자궁 속에서 씨앗을 퍼뜨리는 게지"라고 상상하면서 "근육을 뽐내며 단단하게 익은 돌을 볼 때/ 수제비를 뜨고 싶은 것은/ 뜨겁게 영근 몸을 식히고 싶은 돌멩이가/ 소리 없이 내 귀에 속삭이기 때문인 게지/ 저 깊은 물의 자궁 속으로 보내 달라고"(「물수제비」)라고 하면서 물가의 돌멩이에 의탁해서 시인의 재생과 갱생의 의지를 표현하는 식이다. 또한 시인은 "나는 내 생의 망명자, 찢겨진 영혼/ 어둡고 각진 스크린 속으로 들어간다/ 처음 만나는 사람의 눈빛에서 심장을 훔친다/ 나는 줄라가 된다"라고 하면서 가상공간을 통해서 새로운 정체성으로의 변신을 꿈꾸기도 하고, "나는 내 생의 망명자, 펄럭이는 깃발/ 나는 현실보다 환상에 맞는 인간이야"(「워(war)」)라고 하면서 자신의 현재의 자아라는 견고한 틀에서 벗어나 환상을 통해서 새로운 자아의 영역으로 나아가고자 하는 열망을 표출하기도 한다.

그런데 김나비 시인의 이번 시집에서 가장 두드러진 특징이기도 하지만, 공상과학 영화에서나 등장할 듯한 장면을 통해서 새로운 자아의 모습을 상정해보는 상상력이 주목할 만하다. 이러한 장면은 김나비 시인의 시적 상상력이 단순히 과거에 매몰되어 있지 않고 미래를 향해서 개방되어 있음을 방증해주는 대목이기도 하지만,

무엇보다 기존의 자아와 이별하고 새로운 자아를 만나고 싶은 열망의 표현이라는 점에서 주목된다. 이런 경향의 작품이 여럿 있지만 대표적으로 다음 작품을 들 수 있다.

쇼핑은 가장 쉬운 리무빙의 방식
올해 나는 201살
매장을 누비며 나를 쇼핑하는 것은
언제나 두근거리는 일
내 몸 각 부위의 만료일을 확인하고
기한이 다 된 부위부터 쇼핑을 한다

1구역에선
시력 7.0짜리 노란 안구와 8.7짜리 파란 안구를 산다
얇은 눈빛은 두꺼운 과거의 거품을 지울 수 있을까
몸을 갈아입으면 고여 있는 삶이 출렁일까

2구역으로 향한다
교차하며 올라가는 에스컬레이터,
지난해 중고로 판 내 얼굴이 누군가의 몸 위에 달려
무표정하게 나를 스치며 내려간다

입구에 발을 딛자 팔과 다리가 즐비하게 진열되어 있다

묶음 판매대에서는 팔다리 세트도 판다

하나 값으로 두 개를 살 수 있는 절호의 찬스

오늘도 나는 즐거운 리무빙(removing)을 하며

익숙한 방식으로 나를 잃고 또 나를 얻는다

— 「나를 쇼핑하다」 전문

그러니까 나라는 자아를 새롭게 세팅하는 작업이 마트에서 물건을 구입하는 것처럼 쉽다는 것, 그래서 "내 몸 각 부위의 만료일을 확인하고/ 기한이 다 된 부위부터 쇼핑을 한다"는 것, 안구도 최신의 성능 좋은 것으로 교체하고 팔과 다리도 각각 새로운 것으로 교체할 수 있다는 것 등의 시적 상상력을 확인할 수 있다. 물론 이러한 일은 "올해 나는 201살"이라는 진술에서 알 수 있듯이 생명공학이 최첨단의 산업으로 발전한 미래의 어느 시점에서 가능한 일일 것인데, "지난해 중고로 판 내 얼굴"이라는 대목에 주의해 보면, 이러한 장기의 교체가 보편화된 시대이며 자아의 정체성을 대변해주는 안면성까지 상실한 시대라는 점을 알 수 있다.

이 시에서 시인의 시의식과 관련하여 더욱 주목되는 점은 "얇은 눈빛은 두꺼운 과거의 거품을 지울 수 있을까"라는 구절과 "몸을 갈아입으면 고여 있는 삶이 출렁일까"라는 대목이다. 전자는 자아의 갱신과 관련하여 과거의 기억을 지우고 싶은 욕망이 잠재되어 있는 국면을 드러내 주고, 후자는 새로운 삶에 대한 욕망이 현재의 정태적인 삶에서 벗어나 역동적인 것을 추구하는 욕망과 연결되어 있음을 보여주고 있기 때문이다. 시적 주체는 이처럼 몸의 각 부위를 교체하고 수리하여 새로운 자아로 거듭하는 것을 '이전(移轉, removing)'이라고 명명하며, "익숙한 방식으로 나를 잃고 또 나를 얻는다"라고 표현한다. 고정된 자아상을 고집하지 않고, 다중인격적인 자아로서의 삶을 당연시하고 있음을 확인할 수 있는데, 이러한 진술이 일회성에 그치는 것이 아니라는 점에서 진정성을 확인할 수 있다.

「므두셀라」라는 시에서는 "기분전환이 필요할 땐/ 배아를 꺼내 인공 부화 캡슐 애플에 넣는다"라고 전제하고 "부저가 울리고 캡슐 안에 탄생한 검은 나/ 명치에서 칩을 빼 여자에게 심는다/ 깜빡이는 여자의 눈/ 새로운 내가 된다/ 나는 누구도 될 수 있고 또 아무도 될 수 없다"라고 하면서 줄기세포의 복제를 통해서 새로운 자아로 거듭할 수 있음을 다시 한 번 확인하고 있다. 특히 주목되는 대목은 "나는 누구도 될 수 있고 또 아무도 될 수 없다"는 진술인데, 이러한 진술은 자아의 정체성이라든가 자아의 고유성이라는 개념을 무화시켜버리기 때문이다. 즉 나는 인공으로 부화된 배아를 통해서 어떤 존재자로도 탈바꿈할 수 있지만, 그렇기 때문에 나는 언제나 유동적인 존재성을 담지할 뿐이며, 그러한 점에서 누구라는 규정을 내릴 수 없게 된다. 그렇기 때문에 나는 누구도 될 수 있지만, 아무도 될 수 없게 되는 것이다. 시인은 자아 정체성의 혼란이라든가 개성을 상실을 감내하면서도 새로운 존재로 거듭나는 모험과 도전을 감행하고자 하는 열의를 지니고 있음을 보여주고 있다.

그런데 앞에서도 강조한 것처럼 이러한 자아의 갱신 과정에서 가장 중요한 요소는 기억의 문제라고 할 수 있을 것이다. 시적 주체는 "얇은 눈빛은 두꺼운 과거의 거품을 지울 수 있을까"라는 구절에서 새로운 자아의 갱신이 과거 기억의 삭제와 관련되어 있음을 암시하고 있었다. 또한 「사이보그시대」라는 시에서는 "나는 매일 나의 기억을 헤매는 사이보그. 클릭 한 번이면 싱싱한 칩이 드론으로 배달된다. 오늘은 바닷가에서 어린 시절을 보낸 여자의 기억 칩을 주문한다."라고 하면서 기억의 갱신을 통해서 전혀 다른 자아로 탄생할 수 있음을 시사하고 있다. 그러면서 "칩을 쇼핑해 머리에 끼울 때마다 스치는 여자의 얼굴. 초원의 어린 시절을 담은 남자 칩을 끼울 때도, 사막 아이의 기억 칩을 교체할 때도, 치직거리는 암전 사이로 떠다니는 여자."(「사이보그시대」)라고 하면서 다양한 기억을 담은 칩을 내장함으로써 전혀 새로운 자아로 다양하게 변신할 수 있음을 상상하고 있다. 이러한 시적 구도는 시인이 기억을 얼마나 중요한 요소

146

로 간주하고 있는 지를 보여주는 장면이기도 하지만, 새
로운 자아로 거듭나기 위한 과정에서 가장 중요한 장애
요소가 기억의 문제임을 강조해주는 장면이기도 하다.
표제시이기도 한 다음 작품 또한 기억의 문제가 갱생의
문제와 긴밀히 결부되어 있음을 보여준다.

　나는 걸어 다니는 화석이지
　아득한 어제의 내일에서 말랑말랑하게 오늘을 사는

　지금 난 미래의 어느 지층에서 숨을 쉬고 있는 걸까
　오지 않은 시간 속, 닿을 수 없는 먼 그곳엔
　오늘이 단단하게 몸을 굽고 있겠지

　거실에 흐르는 쇼팽의 녹턴도 조각조각 굳어가겠지
　밤마다 창밖에 걸었던 내 눈길은
　오지 마을 흙벽에 걸린 마른 옥수수처럼 하얗게 굳어 있을
거야

　이번 생은 사람이라는 포장지를 두르고 살지만
　삐걱이는 계단을 밟고 내려가면
　지하 1층쯤 지층에는
　내가 벗어버린 다른 포장지가 파지처럼 구겨져 있겠지

기억이 모두 허물어진 나는 나를 몰라도 어둠은 알겠지
귓바퀴를 맴돌며
내가 벗은 문양을 알려주려 속살거릴 거야

수억 년 전부터 지구를 핥던 어둠은
소리 없는 소리로 구르며 둥글게 사연을 뭉치고 있겠지
눈사람처럼 뭉쳐진 이야기를 은근하게 나르겠지
내가 갈 수 없는 시간 속으로 부는 바람의 몸통

그곳에서 난
검은 항아리 위에 새겨진 기러기처럼
소리를 지운 채 지친 날개를 누이겠지

돌과 돌을 들어내면
오목새김 된 내 무늬가 부스스 홰를 칠 거야

— 「오목한 기억」 전문

미래의 어느 시점에서 보면, 나는 하나의 화석에 불과
할 것이라는 것, 왜냐하면 나는 어제의 기억을 화석처
럼 간직하고 오늘을 살아가기 때문이라는 것, 따라서 이
런 논리로 보면 미래라는 것은 오늘의 기억을 화석처럼
간직하는 것에 불과하다는 것 등의 시적 논리가 제시되
어 있다. 이치로 따지면 이상할 것이 없지만, 이러한 논

리적 귀결이 나올 수 있게 된 것은 시인이 기억의 문제를 삶의 가장 중요한 요소로 간주하고 있기 때문이다. 그러니까 기억에 초점을 두고 보면, 삶이란 것은 기억을 곱씹으며 살아가는 것이라고 할 수 있으며, 시간이란 기억의 생성과 보존, 그리고 그것의 재생에 불과하게 되는 셈이다.

이러한 시각을 좀더 확대해 보면, 나를 포함한 세계는 온갖 기억의 향연이라고 할 만하다. 지구에 존재했던 무수한 존재자들은 "눈사람처럼 뭉쳐진 이야기"인 기억의 담지체이며 "수억 년 전부터 지구를 핥던 어둠은" 지금도 여전히 "소리 없는 소리로 구르며 둥글게 사연을 뭉치고 있"기 때문이다. 그러니까 지구라는 항성은 수많은 생명체들이 자신들의 기억을 생성하고 집적한 기억의 보관 창고라고 할 수 있으며, 따라서 기억이야말로 지구를 다른 항성과 구별하게 해주는 정체성이 되는 셈이다. 그리고 '기억의 화석'이라는 논리에 주목해 보면 한 번 생성된 기억은 영원히 없어지지 않고 화석처럼 남아 있게 되는데, "돌과 돌을 들어내면/ 오목새김 된 내 무늬가 부스스 해를 칠 거야"라는 대목에서 그러한 기억의 항구성을 읽어낼 수 있다.

이러한 시적 논리를 조금만 연장해 보면, 지구를 지구이게 하는 것이 기억이고, 하나의 생명체를 그 생명체이게 하는 것이 기억이며, 따라서 기억의 소멸은 한 존재자의 소멸이 되는 셈이다. 인용된 시의 시적 표현에 의하면 한 개체의 기억이란 하나의 "포장지"라고 할 수 있는데, 여기에 윤회의 논리를 더해 보면, "이번 생은 사람이라는 포장지를 두르고 살지만" 이번 생이 끝나면 "내가 벗어버린 다른 포장지가 파지처럼 구겨져 있"는 것처럼 사람이라는 포장지도 그처럼 구겨져 굳어지게 될 것이다. 그러니까 기억이란 하나의 생을 대변해주는 정체성이자 본질이라고 할 수 있으며, 그것의 종결은 한 생명체가 지닌 서사의 종결이며, 새로운 서사의 시작 가능성이기도 한 것이다. 시인이 칠백 년 만에 부화에 성공한 함안 성산산성의 아라홍련을 보고서 "ZIP파일처럼 압축된 서사를 풀어내는 씨앗"(「씨앗의 피톨」)이라고 경탄하면서 자신의 삶을 돌아보고 "아득한 내생(來生)의 빗장뼈를 더듬으며 잠들 수 있을까", 그리고 "수백 년 뒤 거짓말처럼 깨어나/ 두꺼운 잠에 빠진 기억을 털어놓을 수 있을까"(「씨앗의 피톨」)라고 질문하는 장면은 그러니까 갱생의 의지와 함께 기억의 문제가 시인의 가장 첨예한 관심사라는 것을 입증해주고 있다.

2. 기억, 옹이처럼 존재하는 과거

갱생의 의미가 실은 기억의 문제와 연관되어 있다는 것, 그리고 기억이란 한 생명의 정체성에 해당되며 거듭나는 과정이란 기억의 갱생과 다르지 않다는 시적 논리를 살펴보았다. 『오목한 기억』이라는 제목에서 알 수 있듯이 이 시집은 온통 기억에 대한 회상과 담론으로 채워져 있다. 시인은 수시로 기억에 대해 토로하는데, "기억 한 장에 길을 잃고 한나절 아득한 멀미로 휘청인다"(「봄을 오리다」)고 고백하기도 하고, "내 몸은 기억의 집이다/ 오늘처럼 밥물 끓는 소리로 비가 오면/ 물안개처럼 작은 집이 피어난다/ 그 집에는 따뜻한 재봉질 소리가 내린다"(「기억을 토렴하다」)라고 묘사하면서 자연의 현상 하나하나가 기억의 촉매제 역할을 하고 있음을 보여 주기도 한다.

또한 시인은 "내가 실이라면/ 온몸을 다 풀어내겠네/ 둥글게 말려있는 살들을 풀어/ 너와 함께 걷던 후미진 길에 펼쳐놓겠네/ 어두운 골목을 구석구석 누비며/ 너의 흔적들을 찾아내겠네"(「만약-수동 골목에서」)라고 하면서 "기억의 집"인 자신의 몸에서 기억의 실을 풀어내어 기억 속의 존재인 "너의 흔적들"을 찾아내겠다는 열망을 표출하기도 한다. 시인은 수시로 기억의 시공으로 초월하여 또 다른 현실인 기억 속의 세계를 거닐며 거기에서 삶의 가치와 의미를 찾고 있는 것이다. 시인에게 기억이란 일상과 같아서 매일매일 해가 뜨고 해가 지는 것처럼 반복되는 것인데, 시인은 왜 이토록 기억의 세계에 집착하는 것일까? 그곳에는 아픔과 고통의 트라우마

151

가 존재하는 곳이기도 하지만, 또한 자신의 현재 삶을 결정하고 자신의 정체성을 형성한 어떤 근원이 존재하기 때문일 것이다. 다음 시처럼 말이다.

태엽을 돌리면
골목이 몰려와요
눈 오는 날의 술래잡기
그곳엔 찾을 수 없는 저녁이 가득 해요

어둠이 깔리고
땅으로 투신하는 차깃한 흰나비 떼
웅크린 집들이 하나둘 꽃불을 켜죠
성당의 종소리 사람보다 먼저
가파른 계단을 타고 올라와요

계단 끝에 웅크리고 앉아
태엽을 감는 중년의 아이
유리창이 깨지고 저녁을 찢는 고함이 쏟아지죠
눈 위에 붉게 찍히던 발자국을 따라가요
맨발로 주춤주춤 멀어지던 저녁
흰 눈 위로 갈래갈래 번지던 붉은 실

머뭇거리며 뒤돌아보던 저녁은 어디로 갔을까요

아이는 골목을 돌리고 돌려요

얼어버린 골목이 리듬을 따라 피어나죠

끝끝내 혼자 남아서 기다릴 아이를 위해

저녁이 주고 간 눈사람

— 「눈사람 오르골」 부분

기억이란 마치 눈덩이가 굴러서 만들어진 눈사람과
같다는 것, 그리고 자동적으로 음악을 연주해주는 악기
인 오르골과 같이 저절로 울려오듯이 다가온다는 것을
제목이 암시하고 있다. 태엽을 감으면 음악이 울려나오
는 것처럼 시적 주체는 "계단 끝에 웅크리고 앉아/ 태엽
을 감는 중년 아이"로서 기억의 태엽을 감고 있는 것이
다. 그러면 기억의 공간인 "골목이 몰려오"고 "웅크린 집
들"과 "성당의 종소리"부터 시작하여 기억의 내용들이
떠오른다. 그러니까 시적 주체는 중년에 이른 나이에도
불구하고 술래잡기를 하는 어린아이처럼 기억을 재생
하는 놀이에 빠져 있는 셈이다.

그런데 기억의 내용이라는 것이 결코 행복한 것만은
아니다. "유리창 깨지고 저녁을 찢는 고함이 쏟아지죠/
눈 위에 붉게 찍히던 발자국을 따라가요"라는 구절이나
"맨발로 주춤주춤 멀어지던 저녁/ 흰 눈 아래 갈래갈래
번지던 붉은 실"이라는 표현을 보면 과거의 기억이란 온

통 붉은 색으로 채색되어 있는데, 이러한 색채 이미지가 "유리창 깨지고 저녁을 찢는 고함"이라는 이미지와 중첩되는 것을 보면 결코 아름답거나 행복한 것은 아닐 것이다. 그것은 어떤 상처와 아픔, 구체적으로는 피와 눈물 등의 이미지를 함축하고 있다.

기억의 내용이 고통으로 점철되어 있음에도 불구하고 시적 주체는 왜 이처럼 오르골처럼 기억을 재생하면서 거기에 빠져들고 있는 것일까? "끝끝내 혼자 남아서 기다릴 아이를 위해"라는 표현이 그에 대한 대답을 암시하고 있는데, 시적 주체에게 기억이야말로 홀로 남은 현재의 실존을 견디게 해줄 유일한 위안이자 에너지가 되기 때문이다. 시적 주체는 어느새 사랑하는 과거의 시간으로부터 내팽개쳐진 "중년의 아이"가 되어 홀로 기억의 세계를 전전하면서 힘겨운 오늘의 시간을 견뎌내고 있는 것이다. 시적 주체에게 과거의 기억은 아무리 고통스러운 것일지라도 현재를 버텨낼 수 있는 힘과 위안의 원천이 되는 셈이다.

그래서 시인은 수시로 과거의 기억 속으로 잠행하게 되는데, 거기에는 불행했던 유년의 가족사라든가 사랑하는 사람과의 이별과 같은 트라우마의 구체적인 내용들이 집적되어 있다, 이를테면 과거의 기억 속에는 "입술을 질근질근 씹으며 문을 열고 내려다본 안방/ 운동회 날 바통처럼 손에 가위를 든 아버지/ 서늘한 가위 바통을 얼굴로 받아낸 엄마/ 찍힌 엄마의 볼에서 흘러내리던 붉은 실타래가 어깨를 적실 때/ 찐빵 속에 웅크린 팥처럼/ 나는 다락방에 몸을 말고 죽고 싶은 새끼 쥐 한 마리"(「쥐」)라는 대목에서 추출할 수 있는 폭력의 가족사가 숨어 있기도 한다. 또한 "빚쟁이들이 들이닥친 날/ 마당에 요란하게 춤추던 세간 틈에 감자알 흩뿌려질 때/ 땅에 부딪힌 양푼의 노란 비명/ 막둥이를 업은 당신은 식은 감자 덩이 물에 젖을까/ 빗속에서 지네의 발 되어 바둥거리고"(「빗물 얼음」)와 같은 구절을 보면 경제적 파탄으로 고통을 감내해야 했던 과거의 아픈 가족사도 숨어 있다.

그리고 무엇보다 사랑하던 사람과의 아픔 이별이 있는데, "후회는 오지 못할 계절 앞에 더 무성하게 피는 법/ 당신은 나의 생 어디쯤에서 하얗게 풍화되어/ 모르는 음역으로 지워질까/ 조율되지 못한 그리움이 후렴처럼 쌓이고/ 까마득한 회한이 들끓는 물 위로/ 당신은 새가 되어 살며시 내려앉는다"(「무심천에서」)는 구절에서 추측할 수 있듯이 기억 속에는 사랑하는 사람과의 회한으로 가득 차 있는 이별의 장면들이 오롯이 숨어 있는 것이다. 기억 속에 숨어 있는 사랑하던 사람과의 이별이 야기한 회한과 고통은 시간을 흘러도 줄어들지 않고 여전히 시인의 내면풍경을 지배하고 있는데, "내가 달아두지 못했던 너와의 한때/ 뜨겁게 살을 태우던 햇살들/ 네가 내게서 멀어지던 날/ 날 선 칼로 심장을 파고들던 너의 눈빛/ 지나간 날들의 팔딱이는 꼬리를 붙잡고 있는 나"(「물고기 단추」)라는 표현을 보면, 날카로운 "너의 눈빛"은 아직도 형형하게 빛나고 있고, 시적 주체는 여전히 그 "팔딱이는" 기억으로부터 자유롭지 않다는 것을 알 수 있다.

그러니까 시인이 그토록 과거의 기억에 집착하는 것은 거기에는 잊을 수 없는 아픔이 있다는 것, 그리하여 그 아픔을 되새김질함으로써 고통을 희석시키고 둔화시키려는 욕망, 그리고 잃어버린 소중한 것을 회상함으로써 지금은 없어진 그것을 회상 속에 현현하게 함으로써 그것을 다시금 전유하려는 욕망이 꿈틀거리고 있는 것이다. 실제로 시인은 어머니의 제사를 지내는 날 어머니를 회상하는데, "보이지 않는 것을 가득 담고 있는 자시(子時), 막힌 동굴 속에서/ 갓 낳은 달걀 같은 당신 숨소리/ 환하게 걸어 나온다"(「기억의 건축학」)처럼 어머니는 회상 속에서 현현하게 된다. 사랑하던 사람도 마찬가지다. "실을 풀어 장갑을 꿰맨다/ 헛디딘 바늘 자국 위로 샐비어가 새어 나온다/ 남은 봉숭아 꽃물을 덮고 번지는 뜨거운 피/ 그의 영혼에도 반쯤 꽃물이 들어있을까/ 손가락을 입에 넣고 허공을 본다/ 빈 하늘에 피어있는 꽃구름, 아득하다/ 나비 한 마리 그의 영혼인 양 눈앞에서 맴돈다"(「때로는 손가락으로도 울 수 있구나」)라는 표현을 보면, 사랑하던 사람과의 이별은 여전히 현재진행형이지만, 회상은 나비 한 마리 같은 그의 영혼을 눈앞에 현현시킨다.

3. 몽상과 환상, 새로운 세계를 향한 도약

새로운 자아를 향한 갱생의 의지와 과거의 기억을 향한 열망은 어찌 보면 모순처럼 보인다. 새로운 존재로 거듭나고, 새로운 삶의 가능성을 타진하고자 하는 욕망은 과거의 기억에 집착하는 모습과 공존하기 어렵기 때문이다. 그런데 시인이 과거에 집착하는 것은 양가적인 감정 때문임을 알 수 있었다. 즉 과거의 아픔과 고통의 기억을 떠올리는 것은 그것을 되새김질하여 트라우마를 무화시키고자 하는 열망과 잃어버린 소중한 것을 회상함으로써 그것을 회상 속에서나마 현현시킴으로서 상상적으로 전유하려는 욕망이 공존하고 있었던 것이다.

새로운 자아와 갱생의 열망이 더욱 강해질 때 시인의 정동은 후자 쪽을 기울어지게 되며, 그러한 욕망이 더욱 강렬해질 때 시인은 기억에 대한 집착을 버리고 몽상과 환상으로 도약하게 된다. 그러니까 과거의 기억에 집착하지 않고 상상적인 미래에서 새로운 가치와 의미를 발굴하려고 시도하는 것이다. 그래서 몽상과 환상은 시인의 기억을 대체할 새로운 삶의 기제라고 할 수 있으며, 돌이킬 수 없는 과거보다는 미래에서 새로운 가능성을 발견하려고 하는 시도이기도 하다. 시인은 몽상이 미래의 영역이며, 새로운 삶의 가능성에 대한 타진임을 분명히 하고 있는데, "한 번도 닿아본 적 없는 지평선에 가면/ 나를 따라다니는 꿈이라는 짐승을 버리고 오겠다/ 온전히 버려야 온전한 내가 될 수 있음을/ 길 끝에서 만난 미래의 내가 손짓하며 말한다"(「삼분의 몽상-용정동 편의점에서」)라는 대목에서 이를 확인할 수 있다. 여기서 "꿈"이란 과거의 기억을 지칭하는 것으로 보이며, 거기에서 해방되는 것이 "온전한 내"가 되는 길이며, 그러할 때 미래의 가능성이 열린다는 생각을 읽어낼 수 있다. 몽상이 열어젖히는 미래의 모습은 다음과 같다.

껍질을 벗는 것은 목숨을 거는 일
나는 익숙한 것과 낯선 것의 경계에 산다
새벽 3시, 엉킨 전선 사이 뿌연 먼지 속을 기어
타다타닥 검은 세상으로 들어간다
암전된 소리 틈에서 돋아나는 목소리를
모니터에 구겨 넣으며 시간을 갉아먹는다
오늘은 열한 번째 나를 버리는 끝의 시작
단단하게 굳은 생각을 벗으며 또 다른 나와 조우한다

컴퓨터 속은

어둡고 따듯해 내가 살기에 딱 좋은 곳

어둠 속 환한 세상에서

종일 빛을 끄고 시간을 분할한다

말없이 말을 할 수 있는 건 내가 꿈꾸는 세상

뒤엉킨 길을 헤매며 먼지 같은 알을 낳는다

슬어놓은 설익은 이미지들이 우글거린다

알들은 언제쯤 단단하게 영글까

세상을 맛보려 더듬이를 내밀 때마다

온몸을 찌르는 차가운 빛의 칼날들

칼 던지는 사람들의 발소리에 구석으로 몸을 숨긴다

한 걸음 물러서면 한 걸음 더 나아갈 수 있을까

상처가 깊을수록 살은 더 짙어진다

캄캄한 세상을 더듬는 깊은 침묵

다시 시작이다

―「시작」 전문

　이 시에서 '시작'이라는 제목은 어떤 일과 행동의 처음을 뜻하는 시작(始作)이기도 하지만, 시인으로서 작품을 창작하는 시작(詩作)을 의미하기도 한다. 시인은 "캄캄한 세상을 더듬는 깊은 침묵/ 다시 시작이다"라고 하면서 과거의 기억과 작별하고 새로운 삶에 대한 가능성을 타진하는 각오를 새롭게 다지고 있으면서도 동시에 "슬어놓은 설익은 이미지들이 우글거린다/ 알들은 언제쯤 단단하게 영글까"라고 하면서 지금까지의 작풍과 다른 새로운 시의 가능성을 꿈꾸고 있기도 한 셈이다.

주목되는 시적 상상력은 시적 주체가 자신을 바퀴벌레에 투사하여 탈피(脫皮)를 꿈꾸고 있다는 점이다. 허물이나 껍질을 벗고 새로운 존재로 거듭나는 것이 탈피인데, 바퀴벌레는 열한 번의 탈피를 통해서 성충으로 변하다고 한다. 시적 논리에 의하면 "껍질을 벗는 것은 목숨을 거는 일"이며, "익숙한 것과 낯선 것의 경계에 서"서 새로운 세계로 나아가기 위해 익숙한 것과 작별하고 낯선 것과 악수하는 과정이라고 할 수 있다. 또한 그것은 "단단하게 굳은 생각을 벗"어 버리는 과정이며 그것을 통해서 "또 다른 나와 조우하"는 계기이기도 하다. 그러니까 기존의 단단한 껍질을 벗어버리는 탈피의 과정이란 그동안 시인이 그토록 꿈꾸었던 새로운 삶의 가능성으로서 갱생을 가능케 하는 실질적인 기제가 되는 셈이다.

그런데 시인에게 탈피란 곧 어둠 속으로 들어가는 일이며, 어둠 속에서 몽상 속으로 빠져 들어가는 과정이기도 하다. "컴퓨터 속은/ 어둡고 따뜻해서 내가 살기에 딱 좋은 곳"이라는 표현이 탈피란 곧 가상의 현실로 비약하

160

는 것이며, 현실을 초월하여 몽상으로 도약하는 과정이라는 것을 암시하고 있다. 시인에게 몽상으로 도약하는 일은 "알을 낳는" 사건으로 해석된다. "뒤엉킨 길을 헤매며 먼지 같은 알을 낳는다"라든가 "알들은 언제쯤 단단하게 영글까"라는 표현들이 몽상이란 하나의 알을 낳은 것이며, 그것의 성장을 기대하는 과정임을 시사하고 있다.

몽상은 부화할 알을 낳은 행위이며, 또한 그것은 탈피의 사건이기 때문에 고통스러운 과정일 수밖에 없다. 절지동물과 같이 단단한 외골격을 가진 동물이 성장하기 위해서는 주기적으로 외골격을 벗어내는 과정을 거쳐야 한다. 그러니까 탈피란 하나의 통과제의에 속하며, 그러한 과정이기에 고통과 위험이 수반될 수밖에 없다. 시인이 "온몸을 찌르는 차가운 빛의 칼날들"이라는 이미지를 통해서, 그리고 "상처가 깊을수록 살은 더 짙어진다"는 잠언을 통해서 말하고 싶었던 것은 바로 몽상이 지닌 그러한 통과의례의 고통이었을 것인데, 다음 작품이 이를 잘 보여준다.

태양의 살비듬 묻은 몸을 털며
현관을 나서는 남자
아슬한 갯바위에서 낚시를 한다

날마다 탈옥을 꿈꾸는 파도가

바닷가로 전력 질주하며 뛰어온다

남자는 파도를 피해 달리고

성난 바다는

파도와 남자를 포획해 먼바다로 이송한다

놀란 갯바위가 하늘에 둥둥 떠 있다

남자가 손을 휘저으며 눈을 뜬다

햇살이 침대에 몸을 비벼대고 있는 아침이다

태양의 살비듬이 묻은 몸을 털고 현관문을 나서는 남자

쏟아지는 햇빛의 혈관을 꺾으며 핸들을 돌린다

앞에서 돌진하는 트럭

검은 혀를 빼문 도로에 부서진 이처럼 구겨지는 차

푸른 피 흘리며 차에서 기어 나오고 있는 남자를 뒤차가 다시 갈고 지나간다

으깨진 몸에서 녹즙처럼 흐르는 피

남자의 손이 필라멘트처럼 떨리다가 거인의 몸통이 된다

커다랗게 확대된 손이 저려 눈을 뜨는 남자

푸른 애벌레처럼 누워있는 소파 위에 아침 햇살이 꾸물거린다

태양의 살비듬 묻은 몸을 털어내며 다시 현관문을 나서는 남자

아침은 또 빛을 세상에 파종하고

영원히 꿈에서 사는 남자는

다시 깨어나기 위해 거리로 들어 선다

—「깨는 남자」 전문

꿈과 현실이 기묘하게 착종되어 있는 상상력을 보여주고 있는 작품인데, 그러한 점에서 시인이 생각하는 꿈, 혹은 몽상의 기능과 가능성을 잘 보여주고 있는 작품이기도 하다. 시적 인물인 "깨는 남자"는 아침이 되면 침대에서 일어나 활동하기 위해서 현관문을 나서는데, 현관문을 나서서 경험하게 되는 사건들이 모두 꿈에 불과한 것들이다. 즉 현관문을 나서 낚시를 하다가 조류에 휩쓸려 익사를 하기도 하고, 운전을 하다가 맞은편에서 오는 트럭과 충돌해서 사고사를 당하기도 하는데, 사실은 이러한 사건들이 악몽에 불과한 것인 셈이다.

그러니까 "깨는 남자"는 악몽에 시달리다 깨어나는 셈인데, 시적 주체는 그가 "영원히 꿈에서 사는 남자"라고 규정하기도 하면서 "다시 깨어나기 위해 거리로 들어 선다"고 진술한다. 그런데 시적 논리에 의하면 침대에서 일어나 현관문을 나서 거리에 들어선 순간부터 "깨는 남자"는 몽상 속으로 도약하여 꿈의 세계를 거닐게 되는 것이니까 깨어나기 위해서 거리로 들어서는 것은 실제로 또 다른 몽상의 세계로 들어가기 위한 행위에 불과하다. 물론 그는 그 몽상의 세계에 안착할 생각은 없으니까 깨기 위해서 거리로 들어선다는 말이 틀린 것은 아니다. 그러니까 "깨는 남자"는 깨기 위해서 영원히 꿈속으로 들어가는 행위를 반복하고 있는 셈인데, 그 꿈이 악몽이라는 사실에 유의할 필요가 있다.

앞서 인용한 시를 분석하면서 김나비 시인에게 몽상이란 곧 탈피의 과정이며, 그러한 점에서 새로운 삶의 가능성을 추구하는 통과제의에 해당된다고 말한 바 있다. 탈피로서의 몽상이란 고통과 위험이 따르는 고행에 가까운 것이며, 그러한 점에서 시인은 "상처가 깊을수록 살은 더 짙어진다"는 잠언을 통해서 몽상의 의미에 대해서 시사하기도 했다. 이 시에서 "깨는 남자"가 악몽이라는 꿈에서 살면서도 영원히 새로운 꿈의 세계로 틈입하려고 하는 것은 고통스러운 탈피를 통해서 "온전한 나"에 도달하고자 하는 시인의 열망을 함축하고 있는 것이라 해석할 수 있다. 그래서 시인은 이렇게 고백하고 있는지도 모른다. "돌아보면/ 시간은 가닥가닥 꼬인 면발 같은 날이었다/ 나는 또 달의 문을 열고 내일의 심장 속을 걷겠지."(「삼분의 몽상-용정동 편의점에서」)

4. 죽음의 가상 체험, 거듭나기 위한 제의

이제 마지막으로 김나비 시인의 죽음에 대한 관심을 살펴보고 이 글을 마치려고 한다. 이 시집의 특징 가운

데 하나가 "죽음"에 대한 다양한 이미지들이 편재하고 있다는 점이다. 죽음은 몽상만큼이나 수시로 출몰하여 시집을 어둠의 빛으로 물들이고 있는데, 그것이 갱생의 의지와 연결되어 있다는 점에서 더욱 주목된다. 앞서 언급한 「깨는 남자」에서도 시적 인물은 수시로 죽음을 경험하며, 그러한 죽음을 애써 찾아나서는 모습을 보여준다. 서고운 작가의 「사상도」를 보고서 착상했다는 「죽음의 한 살이」에서는 죽음이라는 사건이 탄생기, 성장기, 전성기, 휴식기라는 단계를 거치는 유기체에 비유되고 있다. 죽음이라는 사건이 유기체적 삶을 살아간다는 형용모순의 상상력을 발휘하고 있는 셈인데, 이러한 시편들은 곧 죽음에 대한 시인의 관심을 반영하는 것이며, 죽음이 삶과 긴밀히 결부되어 있음을 시사하는 대목이기도 하다. 이와 같은 죽음에 대한 사유들이 다음 시에다 들어 있다.

좁쌀 같은 소름이 온몸에 바글거려요
매일 검은 손을 따라 악몽 속을 헤메죠

어린 울음을 만지면 저주가 비처럼 쏟아진대요
삼천 년 동안 간직한 기억 따윈 구름이래요
조용히 흘려보내면 되는 거라죠
서늘한 관 속, 나는 나를 감싸요

가슴 위에 엑스자로 묶인 팔은 포옹하기 딱이죠
수천 겹 어둠 속에서 두려움을 다독여요

아누비스의 슬픈 눈빛이 몸을 적셔요
도려내지 않은 심장이 뜨겁게 꿈틀대면
내장 빠진 배 속은 채워도 채워도 허기가 몰려와요
붕대로 감싼 겨드랑이에서
송진 냄새를 뚫고 날개가 돋을 것 같아요

시간은 피고 지는 코스모스
나는 온몸을 누에고치처럼 결박당한 채
잠든 시간을 깨워줄 누군가를 기다리는 늙은 아이
꿈의 귀퉁이가 찢기고
불안이 머릿속에 똬리를 틀면
토닥토닥 나비가 날개를 퍼덕이듯 가슴을 두드려요

나를 묶은 손이 스멀스멀 온몸을 더듬던 어린 밤
선홍빛 꽃잎이 떨어져 이불을 적시죠
가슴 위로 내려앉은 나비가 뾰족한 숨을 고르죠

나비를 꺼내주세요
방부처리 된 이야기가 훨훨 날아오를 수 있게

—「나비포옹법」전문

"나비포옹법"이란 심리학 용어로서 극도의 불안이나 힘든 순간을 넘기기 위해서 심리적 안정을 취하는 방법이다. 구체적으로는 양팔을 X자로 교차하여 나비의 날개모양으로 가슴위에 올리고 왼손과 오른손으로 번갈아가며 어깨를 토닥토닥 두드려 주는 방식을 말한다. 하지만 시에서 나비포옹법이란 곧 시체를 목욕시키고 일체의 의복을 입혀서 관에 넣는 염습을 거친 시체의 모습을 묘사하는 것으로 기능하고 있다. "서늘한 관 속, 나는 나를 감싸요/ 가슴 위에 엑스자로 묶인 팔은 포옹하기 딱이죠" 라는 구절을 보면, 나비포옹법이란 곧 죽은 시체가 죽음의 두려움을 견디기 위해서 엑스자로 팔을 교차하여 나비 모양을 만드는 모양을 상상할 수 있다. 실제로 시적 주체는 "수천 겹 어둠 속에서 두려움을 다 독여요"라고 하면서 나비포옹법이 죽음에 대한 두려움을 극복하기 위한 것임을 강조하고 있다.

　하지만 이 시에서 더욱 중요한 상상력은 죽음과 나비포옹법이 절묘하게 결합하여 새로운 영혼의 갱신 과정으로 이해되고 있다는 점이다. "붕대로 감싼 겨드랑이에서/ 송진 냄새를 뚫고 날개가 돋을 것 같아요"라는 구절이 새로운 영혼의 부활을 암시하고 있다. 시인은 이를 위해서 나비포옹법으로 염습된 시체를 "누에고치"에 비유하고 있는데, "나는 온몸을 누에고치처럼 결박당한 채/ 잠든 시간을 깨워줄 누군가를 기다리는 늙은 아이"

라는 표현에서 이를 확인할 수 있다. 그러니까 시적 주체에게 죽음이란 누에고치가 성충으로 거듭나기 위해서 거쳐야 하는 탈피의 과정에 불과하다는 것, 그래서 탈피의 과정이 끝나면 죽음은 새로운 영혼으로 거듭나서 갱생의 삶을 향유할 수 있다는 생각이 잠재되어 있는 것이다. "나비를 꺼내주세요/ 방부처리된 이야기가 훨훨 날아오를 수 있게"라는 구절이 영혼의 부활을 암시하고 있는데, 앞서 기억과 관련된 장에서 언급했던 "나비 한 마리 그의 영혼인 양 눈앞에서 맴돈다"(「때로는 손가락으로도 울 수 있구나」)라는 표현에서도 알 수 있듯이 '나비'는 영혼에 대한 은유이기 때문이다.

결국 시인이 '죽음'에 대해 주목하는 것도 "단단하게 굳은 생각을 벗으며 또 다른 나와 조우"(「시작」)하기 위한 욕망에서 기인한 것으로 죽음을 새로운 삶의 가능성을 위한 통과제의로 수용하고 있음을 알 수 있다. 시인은 「조장(鳥葬)」이란 시에서도 "태초의 그 날 인양 알몸으로 산을 넘어와/ 웅크린 태아의 자세로 준비하는 후생/ 영혼의 이동을 시식할 새들은/ 누구의 은밀한 밀사인가"라고 하면서 죽음이란 새로운 삶을 준비하는 "웅크린 태아"와 같은 것이며, 영혼의 '이전(移轉, removing)'에 불과한 것임을 강조하고 있다. 시인의 새로운 삶에 대한 열망이 이러한 은유를 창출하고 있는 것이다.

지금까지 김나비 시인의 새로운 시집의 시세계를 더

들어 보았다. 과거의 기억에 대한 열망이 강한 만큼 거기에서 벗어나 새로운 세계로 나아가고자 하는 열망도 그에 못지않게 절실하다는 것을 알 수 있었는데, 이러한 대립되는 열망이 이 시집에 긴장을 불어넣고 시적 세계를 더욱 역동적으로 만들고 있었다. 그리고 새로운 삶에 대한 열망, 갱생의 욕망이 시인을 환상과 몽상, 죽음에 대한 관심으로 이끌고 있었는데, 그러한 기제들은 모두 탈피의 과정으로 해석되었다. 그리고 그 과정에서 일어나는 고통과 위험은 통과제의로 수용되고 있었다. 김나비 시인은 이 시집을 통해서 과거의 아픔에서 벗어나 새로운 세계로 비상하려고 한다. 하지만 그 과정이 순탄치 않으며, 탈피의 고통이 따를 것이라고 예상하고 있다. 다음 시집에서 더욱 그윽하고 웅숭깊은 시적 상상력이 전개될 것을 기대하게 하는 대목이다. 시인은 이번 시집에서 다양한 이미지의 알들을 슬어놓았다. 다음 시집에서 그러한 알들이 더욱 단단하게 영글기를 기대한다.

열린
選
0
0
6

오목한 기억

김나비 시집

초　판 1쇄 인쇄일 · 2021년 10월 22일
초　판 1쇄 발행일 · 2021년 10월 29일

지은이 ㅣ 김나비
펴낸이 ㅣ 노정자
펴낸곳 ㅣ 도서출판 고요아침
편　집 ㅣ 이중원 김남규

출판등록 ㅣ 2002년 8월 1일 제 1-3094호
주　　소 ㅣ 03678 서울시 서대문구 증가로 29길 12-27, 102호
전　　화 ㅣ 02-302-3194~5
팩　　스 ㅣ 02-302-3198
E-mail ㅣ goyoachim@hanmail.net

ISBN 979-11-6724-048-4(04810)
세트 979-11-966321-9-9(04810)

* 이 책은 2021 청주 문화도시조성사업의 일환으로 일부 지원을 받아
  발간되었습니다.